नागिन

एक प्रेम कथा

श्राबोनी बोस

ट्रू साइन

प्रकाशक : ट्रू साइन पब्लिशिंग हाउस
पता : SY.N0.21/2 & 21/3, सोननहल्ली,
कृष्णराजपुरा, बेंगलुरु, कर्नाटक - 560049 भारत
ईमेल : truesignbooks@gmail.com
वेबसाइट : www.truesign.in

नागिन एक प्रेम कथा

लेखिका: श्राबोनी बोस

ISBN:978-81-19179-00-8

संस्करण: 2023

नागिन

बचाओ! बचाओ! बचाओ! मेरे बेटे को बचाओ, तेज़ आवाज़ में चिल्लाती हुई माधवी घबरा कर बेहोश हो ज़मीन पर गिर पड़ी। माधवी के गिरने से हुई ज़ोर की आवाज़ सुन उसका पति माधव दौड़कर उसके पास आया किन्तु वहाँ का डरावना दृश्य देख कर वह भी घबरा गया। वह क्या देखता है कि उनका दो साल का बेटा माही ज़मीन पर बैठा खेल रहा है और उसके पास ही एक विषैला काला नाग कुंडली मारकर बैठा हुआ है, फिर धीरे धीरे वह नाग वहाँ से चला जाता है।

माधव को समझने में देर ना लगी कि इसी बड़े से विषैले साँप को देखकर और अपने बच्चे को बचाने के उद्देश्य से माधवी की घबराहट में चीख निकल गयी होगी और डर से वह बेहोश हो गयी है।

नाग के जाते ही माधव ने दौड़कर माही को गोद में उठा लिया और सीने से चिपका कर अपनी बेहोश पत्नी के पास आया और लोटे में रखे पानी के छींटे मारकर उसे होश में लाने की कोशिश करने लगा।

पानी के छींटे मारने से माधवी को धीरे धीरे होश आया और वह माही - माही बोलकर चीखते हुए उठकर बैठ गयी, तथा चारों तरफ़ देखने लगी तभी उसने माही को अपने पति माधव कि गोद में सुरक्षित देखा तो उसने झट से माही को माधव कि गोद से ले लिया और बेताबी से उसके पूरे शरीर पर हाथ फिराकर देखने लगी, वह पूर्णत: आश्वस्त होना चाहती थी कि उसका बेटा ठीक है क्यूँकि उसे तो विश्वास ही नहीं हो रहा था कि माही किस तरह सर्पदंश से बच गया, क्योंकि सर्प तो उसके अत्यंत निकट था।

माधव ने भी उस विशालकाय विषैले साँप को माही के क़रीब से जाते हुए देखा था और यही मान रहा था कि आज महादेव शिव शंकर ने ही माही की जान बचायी है। जब माधवी ने आँखो देखा हाल माधव को सुनाया तो आश्चर्यचकित हो उसकी आँखे फटी की फटी रह गयीं।

माधवी ने माधव को बताया कि जब वह आँगन में आयी तो माही ज़मीन पर बैठकर खेल रहा था और उसके निकट वह काला नाग अपना फ़न फैलाए बैठा हुआ था अब अबोध बालक को यह तो नहीं पता होता न की यह साँप है, विषैला है, डंक मार सकता है। माही उस साँप से यूँ खेल रहा था मानो वह उसका खिलोना हो, परंतु आश्चर्य तो इस बात का है की वह नाग भी अपने फ़न को इधर उधर माही के चारों तरफ़ घुमा रहा था, ऐसा लग रहा था मानो वह नाग भी

माही के साथ खेल रहा हो। यह दृश्य देख मुझे अपनी आँखो पर विश्वास नहीं हो रहा था। ऐसा दृश्य मैंने ज़िंदगी में पहले कभी ना देखा था ना ही सुना।

माधवी उठकर खड़ी हो गयी और माही को दुलार करने लगी उसके गालों को चूमने लगी, थोड़ी देर पहले जो घटा उस दृश्य के बारे में सोचकर उसका दिल काँप उठता था। वह भगवान शिव को धन्यवाद करते हुए कहने लगी, “हे भोले नाथ आज तो आपने मेरे माही को बचा लिया, आप ही के कारण मेरे जिगर के टुकड़े को जीवन मिला है। आज आप कि कृपा से ही मेरा पुत्र जीवित है।”

माधवी बार बार अपने पुत्र माही को देखे जा रही थी और उसका पुत्र के प्रति प्रेम आँखो से आँसू बनकर छलक रहा था किन्तु उसका डर उसके ज़हन से निकल ही नहीं रहा था, आखिर माँ का ह्दय था आसानी से तो शांत होने वाला नहीं था तभी कुछ सोचते हुए माधवी ने अपने पति माधव से कहा, “आज शाम को हम लोग गाँव के निकट स्थित भगवान नागेश्वर नाथ के मंदिर दर्शन करने जाएँगे और उनके प्रति अपनी कृतज्ञता प्रकट करेंगे साथ ही माही की लम्बी आयु की प्रार्थना करेंगे।” माधव ने सहमति में सिर हिलाकर माधवी को हल्के से अपने गले लगा लिया, जिससे उसका डर कुछ कम हुआ।

हिमांचल प्रदेश में हिमालय की सुंदर और मनोरम घाटियों से घिरा हुआ एक गाँव है ‘सीतापुर’। उसी सीतापुर गाँव में माधव और माधवी दो कमरे का मकान बनाकर रहते है। माधव एक किसान है और उसकी कुछ ज़मीन हिमालय की तराई में है।

माधव अपनी ज़मीनो में खेती करता है। उसने अपनी ज़मीन के कुछ हिस्से में संतरे का बाग लगा लिया है। यह मौसमी फल जब ऊगते तो बाज़ार में इन्हें बेचकर जो नगद राशि मिलती उसी से माधव के परिवार का साल भर का खर्च चलता है।

तीन साल पहले माधव की शादी माधवी से हुई थी। माधवी सीतापुर के पास ही के गाँव ‘नगीना’ में रहती थी। शादी के एक साल बाद उन्हें पुत्र रत्न की प्राप्ति हुई जिसका नाम उन्होंने बड़े प्यार से ‘माही’ रखा।

माही के पैदा होने से वे बहुत खुश थे। माही ने उनके सूने आँगन को अपनी किलकारियों से गुंजा दिया था। माही के पैदा होने की ख़ुशी में उन्होंने कई लोगों को भोज हेतु आमंत्रित किया था। आमंत्रित लोगों के लिए स्वादिष्ट भोजन का आयोजन किया गया था। सभी ने स्वादिष्ट भोजन का लुत्फ़ उठाया और माही को बहुत आशीर्वाद दिया।

यह तो हो गया माधव, माधवी और माही का परिचय, अब हम वापस उनके पास चलते है, अर्थात माधव और माधवी के पास...

उस डरावनी घटना के बाद माधव और माधवी ने, माही को लेकर शाम को अपने गाँव के पास स्थित ‘नागेशेश्वर’ मंदिर जाने का निश्चय किया। शाम होते ही दोनो माही को लेकर

भक्ति भाव से बाबा नागेश्वर के दर्शन करने के लिए नागेश्वर मंदिर पहुँचे और बाबा नागेश्वर के शिवलिंग का दूध दही से अभिषेक किया। फल फूल इत्यादि प्रसाद के रूप में अर्पण किया और सच्चे दिल से कामना करने लगे कि "हे भोलेनाथ, आप ने हमारे बच्चे को मृत्यु के मुख से बाहर निकालकर हम पर बड़ी कृपा की है, इसी तरह हम पर अपनी कृपा बनाए रखिएगा और हमारे बच्चे की रक्षा करिएगा।"

भोलेनाथ की पूजा समाप्त करने के बाद वे मंदिर के पुजारी पंडित विष्णु प्रसाद के पास गए और चरण स्पर्श कर उनको वस्त्र, फल एवं कुछ दक्षिणा दी।

पंडित विष्णु प्रसाद, माधव और माधवी से भलीभाँति परिचित थे। जब उनके घर माही के पैदा होने की ख़ुशी में कार्यक्रम का आयोजन किया गया था तब भी वे आए थे। उनकी गोद में माही को देखकर वे बहुत खुश हुए और उसे प्यार करते हुए आशीर्वाद देने लगे। माही को देखकर पंडित विष्णु प्रसाद माधवी से बोले कि "माधवी, तू तो बहुत भाग्यशाली है कि माही तेरा पुत्र है, इसके माथे की तीन रेखाऐं बताती है कि अवश्य ही ये पिछले जन्म में भगवान भोलेनाथ का बड़ा भक्त रहा होगा।" भगवान भोलेनाथ की कृपा इसपर हमेशा बनी रहेगी लेकिन अभी ये बहुत छोटा है इसका तुम अच्छे से ख़याल रखना।

पंडित जी की बात सुनकर माधवी ने आज सुबह हुई घटना उन्हें बतलायी कि किस तरह माही के पास एक विषैला काला नाग बैठा हुआ था और बिना कुछ करे वहाँ से चला गया। काले नाग द्वारा कुछ नुक़सान न करने की बात सुनकर पंडित जी भी आश्चर्यचकित हुए एवं कहने लगे कि माधवी, तुम्हारी बात को सुन तो ऐसा लगता है कि स्वयं भगवान नागेश्वर ने खड़े होकर तुम्हारे बच्चे की रक्षा की है।

पंडित जी थोड़ा सोच में पड़ गए और एक लम्बी साँस लेते हुए माधवी से कहने लगे कि जहाँ तक मैंने सुना है हिमालय कि घाटियों में रहने वाले काले नाग बहुत ही ग़ुस्सैल स्वभाव के होते है। ज़रा सी ख़तरे की भनक मिलते ही यह आक्रमण की तैयारी करने लगते है। इस इलाक़े में कई बार ऐसे विषैले नाग देखे गए है। मैंने मंदिर के आसपास विषैले काले नागों को देखा है। इस इलाक़े के लोग इन नागों को भगवान भोलेनाथ का कंठहार मानकर इनकी पूजा करते है। ये नाग जब फुंफकार कर आक्रमण करते है तब इनकी ज़हर की ग्रंथिया सक्रिय हो जाती है। इनकी ग्रंथियो में इतना ज़हर होता है कि अगर यह पिचकारी की तरह ज़हर किसी मनुष्य के ऊपर डाल दें तो उस इंसान की घटनास्थल पर ही मृत्यु हो जाती है। इनके ज़हर में बड़ी ताक़त होती है।

माही के पकड़ने पर भी नाग ने उसे कोई नुक़सान नहीं पहुँचाया इसका सीधा सीधा यही अर्थ निकलता है कि ज़रूर माही का नाग से पिछले जन्म में कोई रिश्ता रहा होगा तभी तो उसको कोई नुक़सान नहीं पहुँचाया अन्यथा वह उसे काट लेता।

हमारे धार्मिक वेद पुराण, उपनिषद में नागलोक का वर्णन लिखा है कि ये नाग हज़ारों साल जीते है फिर इक्षाधारी बन जाते है एवं जहाँ तक मुझे याद है की बहुत साल पहले तक यहां कुशल सँपेरों का समूह नागमणी और इन इक्षाधारी नागों की खोज में हिमालय की चोटियों और घाटियों में आते रहे है। पहले ये लोग भगवान नागेश्वर की विधिवत आराधना करते फिर इन इक्षाधारी नागों की तलाश में महीनो तक हिमालय की घाटियों में भ्रमण करते रहते थे।

अगर माही का इस नाग से पिछले जन्म का कोई नाता है तो वह नाग फिर से अवश्य आएगा इसलिए बच्चे पर हमेशा नज़र बनाए रखिएगा।

माधवी द्वारा पंडित जी से कुछ उपाय पूछने पर पंडित जी नें कहा कि पास के गाव सराहनपुर में काली नाम का सपेरा रहता है तुम लोग उसके पास जाओ, शायद वह तुम्हारी मदद कर सके।

पंडित विष्णु प्रसाद से आशीर्वाद लेकर माधव और माधवी माही को लेकर घर लौट आये किन्तु पंडित जी की कही हुई बातें माधव और माधवी के दिमाग़ में निरंतर चल रही थी। वे सोच में पड़ गए कि माही की रक्षा कैसे की जाए तभी माधवी ने पति माधव से कहा कि "आप कल ही काली सँपेरे के पास जाइए और कोई उपाय ले कर आइए। पंडित जी ने जैसा कहा है वैसा ही करिए, इसी में हमारी और हमारे बच्चे की भलाई है।"

दूसरे दिन सुबह काली सँपेरे की खोज में माधव घर से निकल पड़ता है। सँपेरे की खोज करते करते माधव सराहनपुर गाँव पहुँचता है। वहाँ गाव के लोगों से पूछने पर पता चलता है कि उत्तर दिशा में सँपेरों का एक क़बीला है और काली सपेरा भी वही रहता है।

माधव गाव वालों के बताए हुए रास्ते से सँपेरों के क़बीले में पहुँचता है और फिर वहाँ के लोगों से पूछकर काली सँपेरे के पास पहुँच जाता है।

काली सँपेरे के पास पहुँचकर माधव उससे कहता है कि वह सीतापुर गाँव का निवासी है और पंडित विष्णु प्रसाद जी के कहने पर उससे मिलने आया है।

माधव देखता है कि कबीले में पंद्रह से बीस सँपेरों का झुंड था और उन सँपेरों ने अपने पिटारों में विभिन्न प्रकार के साँपो को पकड़ कर क़ैद कर रखा है। काली सपेरा उन सँपेरों का सरदार है।

काली सपेरा माधव से पूछता है कि श्रीमान,आपके यहाँ आने का क्या उद्देश्य है?

माधव काली को उसके घर में आए नाग के आने से लेकर,पूरी घटना को विस्तार से बताता है। काली सपेरा भी बड़े गौर से माधव की बात को सुनता है।

माधव से पूरी घटना विस्तार से सुनने के बाद काली सपेरा उससे पूछता है कि आप कैसे कह सकते है कि वह नाग अकेला आया था?

सपेरे का सवाल सुनकर माधव उससे कहता है कि उसने उस नाग को अकेला ही देखा था उसके साथ दूसरा कोई साँप नहीं था। काली सपेरा माधव से उस विषैले नाग का हुलिया पूछता

है और इस तरह सपेरा उस नाग के बारे में काफ़ी जानकारी प्राप्त कर लेता है। उस विषैले नाग के बारे में जानकारी प्राप्त करने के बाद सपेरे की आँखे चमक उठती है मानो ऐसा लगता है के उसे सालों से इसी नाग की तलाश थी।

काली सपेरा माधव को सांतवना देते हुए कहता है कि अब आप जाइये, कल हम आपके घर आएँगे और उस विषैले काले नाग को पकड़ने का प्रयास करेंगे। आपने जो बात उस नाग के बारे में बतायी है उससे तो यही प्रतीत होता है कि वह नाग कोई साधारण नाग नहीं है, उसे पकड़ना इतना आसान नहीं होगा फिर भी हम उसे पकड़ने की पूरी कोशिश करेंगे।

काली सपेरा की बात सुन माधव घबरा जाता है वह विनती के भाव से उससे अनुरोध करता है कि आप कल अवश्य ही आईयेगा, मुझे डर है की वह नाग मेरे बेटे को ना डस ले, कुछ अनहोनी होने से पहले आप उस विशालकाय विषैले नाग को पकड़ कर ले जाईयेगा। हमें आपकी प्रतीक्षा रहेगी।

काली सपेरा माधव को आश्वासन देते हुए कहता है कि आप घबराइए नहीं, आपके घर में ज़रूर कोई ऐसी वस्तु है जो उस नाग को अपनी ओर आकर्षित कर रही है अगर उसे आपको नुक़सान पहुँचाना होता तो अब तक वह पूरे परिवार को ख़त्म कर चुका होता।

काली सँपेरे द्वारा आश्वासन मिलने से माधव को बहुत सुकून मिलता है और वह घर लौट आता है। घर लौटते ही माधव अपनी पत्नी माधवी को सँपेरे के साथ हुयी सारी बातें बताता है जिसे सुन माधवी बहुत डर जाती है। किसी तरह उनकी वह काली रात कटती है और दूसरे दिन दोनो काली सँपेरे का इंतज़ार करने लगते हैं।

माही गाव के एक प्राइमरी स्कूल में कक्षा 1 में पड़ता था, माधव उसे सुबह स्कूल छोड़ने ज़ाया करता था और शाम को लेने भी जाता था। सपेरे के आने से वह डर ना जाए इसलिए माधव माही को स्कूल छोड़ आता है।

किसी कारण वश सपेरा उस दिन नहीं आ पाता और शाम को जब माधव माही को लेने स्कूल पहुंचता है तो उसे पता चलता है कि स्कूल में भी एक नाग चक्कर काट रहा था जो माही को देखकर उसके पास जाकर खेलने लगा और आश्चर्य की बात यह है कि माही उस नाग से डरता नहीं बल्कि उसके साथ दोस्ती का व्यवहार रखता है। यह नजारा देख स्कूल के बाक़ी बच्चे घबराकर चिल्लाने लगे। शोरगुल की आवाज़ सुनकर वह नाग पलक झपकते ही ग़ायब हो गया।

माधव जब यह बात सुनता है तो उसका दिल बैठ जाता है। वह माही को गोद में उठा कर घर की तरफ़ निकल पड़ता है। घर पहुँचते ही वह माधवी को सारी घटना सुनाता है। दूसरे दिन काली सपेरा अपने साथी और शिष्य सँपेरों के साथ माधव और माधवी के घर आता है।

काली सपेरा और उसके साथियों ने माधव के घर का चारों तरफ़ से घूमकर एक एक जगह का निरीक्षण किया। चूहे के बिल से लेकर हर वह स्थान जहां साँप के छुपने की सम्भावना हो सकती है जांचा गया।

काली सपेरा और उसके साथियों ने घंटो बीन बजा कर उस नाग को बुलाने की कोशिश की लेकिन वह नाग नहीं आया इससे काली सँपेरे को विश्वास हो गया कि यह कोई साधारण नाग नहीं है। काफ़ी देर प्रयास करने के बाद काली सपेरा माधव से कहता है कि हम प्रतीक्षा करते है, अगर आपको वह नाग कही दिखायी पड़े तो हमें सूचित करिएगा। मुझे तो लगता है कि यह कोई साधारण नाग नहीं है काफ़ी ख़तरनाक है क्यूँकि इतनी देर बीन बजाने से भी यह सामने नहीं आया।

काली सँपेरे ने माधव के घर से दूर एक वृक्ष के नीचे अपने साथियों के साथ डेरा डाल दिया। काली सपेरे ने उस ख़तरनाक नाग से बचने के लिए उस वृक्ष के चारों तरफ़ गोल घेरे में लकीर खींचकर सीमा रेखा बना दी। उस गोले के अंदर उसने तंत्र मंत्र कर उस क्षेत्र को सुरक्षित कर लिया था जिससे नाग मौक़ा देखकर उसको अथवा उसके साथियों को कोई नुक़सान ना पहुँचा सके।

अगले दिन की बात है माधवी माही को खाना खिला रही थी तभी उसने आँगन में काले विषैले नाग को आते हुए देखा। नाग को देखते ही माधवी घबरा गयी, और उसने तुरंत ही जाकर माधव को खबर दी जो उस समय खेत जाने की तैयारी कर रहा था।

नाग के आने की खबर सुनते ही माधव बिना कोई समय नष्ट किए दौड़ते हुए काली सपेरा के पास पहुंचा और उसे काले नाग के आगमन के बारे में सोचना दी। माधव की बात सुनते ही काली सपेरा अपने साथियों और शिष्यों के साथ बीन लेकर माधव के घर जा पहुंचा।

माधव के घर पहुँचते ही काली सपेरा और उसके साथियों ने उस नाग को चारों तरफ़ से घेर लिया फिर पूरे वेग के साथ बीन बजाने लगे। तभी काली सपेरे की आँखे उस नाग पर पड़ी तो वह चोंक उठा, एवं तुरंत ही वह अपने साथियों को सावधान! सावधान! कहकर आगाह करने लगा क्यूँकि उसकी पारखी निगाहों ने यह ताड़ लिया था की यह कोई साधारण नाग नहीं अपितु बहुत ही ख़तरनाक नाग है एवं उसकी उम्र हज़ार साल से भी ज़्यादा होगी। अपनी आत्मरक्षा के लिए करने वाला इसका वार घातक भी हो सकता है।

काली ने अपने साथियों को सतर्क करते हुए कहा “तुम लोग सावधान रहो, कम से कम 10 फुट की दूरी बनाए रखो क्यूँकि यह नाग हम पर हमला कर सकता है।”

काली ने जैसा सोचा वैसा ही हुआ, अपने चारों तरफ़ सँपेरों के झुंड को देख नाग क्रोधित हो कर बेहद आक्रामक हो गया एवं वह ज़मीन से 5 -6 फुट की ऊँचाई तक उछल कर सँपेरों पर आक्रमण करने लगा। नाग अपने मुँह से ज़हर की पिचकारी छोड़ने लगा। माधव के घर के आसपास के लोग अपनी आँखो से यह नजारा देख रहे थे। चारों तरफ़ भीड़ जमा हो गयी थी किंतु नाग के आक्रामक होने के कारण गाँव के लोग इधर उधर भागने लगे।

नाग के इस रूप को देखकर उसको पकड़ना तो दूर बल्कि काली सपेरा और उसके शिष्य सभी डर के मारे भागकर इधर उधर छिपने लगे और फिर कुछ ही देर में वह नाग भी वहाँ से चला गया।

इस घटना को देखकर माधव और माधवी और भी अधिक घबरा गए। नाग के इस प्रकार आक्रमण करने से उन्हें लगा कि नागदेवता उनसे नाराज़ हो गए है, अभी तक तो उन्होंने परिवार का कोई नुक़सान नहीं किया किन्तु भविष्य में उनके परिवार का कोई अहित ना हो।

नाग के जाने पर काली सपेरा माधव से बोला कि श्रीमान, ये नाग नहीं नागिन है और यह बहुत ही ख़तरनाक नागिन है। इस नागिन का लगता है आपके घर से कुछ नाता है इसलिए यह बार बार यहाँ आ रही है। यह इक्षाधारी नागिन भी हो सकती है। यह इक्षाधारी नाग नागिन अपने साथी को खोजते हुये घरों में प्रवेश करते हैं अन्यथा यह हिमालय की सुरक्षित घाटियों में चुपचाप रहते है। मुझे कोई संदेह नहीं है कि यह एक इच्चाधारी नागिन है और आप के घर के किसी सदस्य से इसका कोई पूर्व जन्म का नाता है इसलिए वह बार बार आपके घर आ रही है। मुझे अब पूरा यक़ीन हो गया है कि इस नागिन का आपके घर से किसी के साथ पिछले जन्म का रिश्ता है नहीं तो अब तक आप सभी का विनाश हो चुका होता।

काली सपेरा उन्हें इच्छाधारी नाग नागिनों के बारे में बताते हुए कहने लगा कि मैं आपको इच्चाधारी नाग नागिन के बारे में थोड़ी सी जानकारी देना चाहता हूँ, ज़रा ध्यान से सुनिएगा, इच्चाधारी नाग नागिन ऐसे जगह में रहते है जहाँ इन्हें कोई भी देख नहीं सकता। ऐसे नाग नागिन के जोड़े में से अगर किसी की मृत्यु हो जाए तो ये अपने साथी को जन्म जन्मांतर तक खोजते रहते है और पुन: उसे पाने की इक्षा रखते हैं।

इनके अंदर अपने साथी को ढूँढने की इक्षाशक्ति अति प्रबल होती है। समय चाहे जितना भी लगे यह अपने साथी को ढूँढने में सफल हो ही जाते है। जहां पर उनका साथी मिल जाता है वे वहाँ घर बनाकर रहने लगते है। यह अपनी साथी को किसी भी हालत में खोजने का प्रयत्न करते है अन्यथा यह चुपचाप हिमालय की गहरी घाटियों में छुपकर रहते है। सामान्यत: इनकी उम्र चालीस से साठ वर्ष की होती है। बहुत कम ही नाग और नागिन होते हैं जो लम्बी उम्र तक जीते है। जिन नाग और नागिन की उम्र हज़ारों साल से भी अधिक होती है वे इच्छाधारी नाग नागिन बन जाते हैं।

इक्षाधारी नाग के अंदर नागमणी होती है। यह नागमणी कई अलौकिक शक्तियों से युक्त होती है। इसी नागमणी के कारण ये इच्छाधारी नाग नागिन बन जाते है।

नागमणी नाग के पास रहती है जिसकी रक्षा नागिन करती है।

नागमणी की चमक एक अच्छे क़िस्म के हीरे से काफी ज़्यादा होती है। नागमणी हल्के नीले रंग की होती है। एकांत जगह पर जहां किसी की नज़र ना पड़े, अंधेरे में नाग इस नागमणी को

बाहर निकालते है। जिससे चारों तरफ़ तेज प्रकाश फैल जाता है और उसी प्रकाश में नाग और नागिन प्रेम क्रीड़ा करते हैं।

बात करते करते खाने का समय हो गया, माधवी ने सभी के खाने का आयोजन किया था, सब हाथ धोकर भोजन करने बैठे फिर काली सपेरा कहने लगा कि मैं आपको अपने गुरु के बारे में कुछ कहना चाहूँगा, हमारे गुरु का नाम था सूर्यनाथ, वे बहुत ही कुशल और अनुभवी सँपेरे थे, वे भगवान नागेश्वर नाथ के बहुत बड़े भक्त थे, उनको नागलोक और इच्छाधारी नागों की बहुत अच्छी जानकारी थी एवं उन्ही के द्वारा हमें इन नागों के बारे में जनकारियां प्राप्त हुई हैं लेकिन नागमणी की लालच में वे अपनी जान गवाँ बैठे। उन्होंने इच्छाधारी नाग नागिन को अपनी आँखो से देखा था तब नाग एक सुंदर पुरुष का रूप धारण किए हुए था और नागिन एक सुंदर स्त्री का रूप धारण किए हुए थी एवं दोनो ही प्रेम क्रीड़ा में लीन थे। गुरुदेव इक्षाधारी नाग नागिन की प्रेम क्रीड़ा में व्यस्त होने का लाभ उठाकर नागमणी के बहुत क़रीब पहुँच गए अचानक ही इक्षाधारी नाग की नज़र हमारे गुरु के ऊपर पड़ गयी और इस से पहले कि गुरुदेव अपनी रक्षा कर पाते उस इच्छाधारी नाग ने गुरुदेव को डस लिया और इस तरह हमारे गुरुदेव की मृत्यु हो गयी।

मैं भी कई अवसरों पर अपने गुरुदेव के साथ हिमालय की घाटियों में ज़ाया करता था लेकिन हम लोगों को वह आसन्न ख़तरे के भय से, दूर ही रखा करते थे।

गुरुदेव की मृत्यु के बाद हमलोगो ने यह जोखिम भरे कार्य अर्थात, इच्छाधारी नाग नागिन की खोज बंद कर दी थी लेकिन आज आपके घर में मैंने जो दृश्य देखा है उसको ज़हन में रखते हुए मेरे अनुभव यही कहते है कि यह कोई इच्चाधारी नागिन है जो अपने पूर्व जन्म के प्रेमी नाग से मिलने आयी है। मुझे शक है कि आपका बेटा माही निश्चय ही अपने पूर्व जन्म में एक इक्षाधारी नाग था हालांकि, मुझे अभी थोड़ा संदेह है कि ये एक इच्छाधारी नागिन ही है, लेकिन अगर मेरा संदेह ठीक है तो इस नागिन को पकड़ने का कोई उपाय हमारे पास नहीं है। आप इस को नुक़सान पहुचाने की कोशिश मत कीजिएगा अन्यथा सिर्फ पछतावा ही हाथ लगेगा। हमलोग एक बार पुन: नागिन को पकड़ने के प्रयास करेंगे, अगर आपको नागिन फिर से दिखे तो हमें बताइयेगा।

इतना कह कर काली सपेरा और उसके शिष्य वृक्ष के नीचे अपने डेरे में चले गए। काली को यक़ीन तो था कि वो नाग नहीं नागिन है और उस नागिन को पता चल गया है कि वे लोग उसे पकड़ने के लिए आए हैं, अत: काली नें अपने साथियों को सतर्क करते हुए कहा कि वे उस गोल चक्र के बाहर ना निकलें और अगर निकलें भी तो अकेले ना जाकर समूह में ही निकलें अन्यथा अनर्थ हो सकता है क्यूँकि यह नागिन बहुत शक्तिशाली हो गयी है, इसका सामना करना असम्भव प्रतीत हो रहा है।

अंधेरी रात थी, सभी सँपेरे भोजन करके सो गए थे केवल काली जाग रहा था और नागिन को क़ाबू में करने की युक्ति सोच रहा था। तभी उसकी नज़र माधव के घर की ओर गयी तो वहाँ का दृश्य देखकर वह अचंभित हो गया।

उसने देखा कि माधव के घर के सामने एक गोलाकार आकृति में नीले रंग की रोशनी प्रस्फुटित हो रही है और उस रोशनी के अंदर से एक सुंदर स्त्री बाहर निकली। उसने अपने गुरुदेव से स्वर्ग की अप्सराओं की कहानियाँ सुनी थी, उनकी सुंदरता के बारे में सुना था, किन्तु कभी देखा नहीं था और वह अपनी आँखो से उस अद्वितीय सुंदरी को निहारने लगा। उसने इतनी सुंदर स्त्री आज तक कभी भी नहीं देखी थी। वह अपने आप को धन्य मान रहा था कि उसे जीवन ने ऐसे पलों से साक्षातकार कराया। उसने इतने सुनहरे पलों की कभी कल्पना भी नहीं की थी। उसे अपनी आँखो पर विश्वास नहीं हो रहा था। उसने ऐसी अलौकिक सुंदरी को दिखाने के लिए अपने साथियों और शिष्यों को उठाने का प्रयास किया। लेकिन उन लोगों को उस अद्वितीय सुंदरी को देखने का सु अवसर नहीं मिला क्यूँकि वे जब तक जागते तब तक वह सुंदर स्त्री जा चुकी थी। उसके द्वारा जगाने के बाद उसके चार शिष्य जाग गए तो काली ने उनको उस अलौकिक सुंदरी के बारे में बताया। वे लोग बात ही कर रहे थे कि तकरीबन पाँच सौ मीटर की दूरी पर फिर से वही रौशनी दिखी लेकिन दूर होने के कारण वे उस स्त्री को देख नयी पाए।

सुबह होते ही काली माधव के घर पहुंचा और उस सुंदर स्त्री को अंदर खोजने लगा किंतु वह उसे कहीं ना मिली, काली को समझते देर ना लगी कि वह स्त्री कोई साधारण स्त्री नहीं बल्कि एक इक्षाधारी नागिन थी और वह इक्षाधारी नागिन अपने पास अपने नागपति की नागमणी रखती है। धीरे धीरे काली को संदेह सच लगने लगा। काली समझ चुका था की इस इच्छाधारी नागिन का नागपति मर चुका है और उसके पास अपने स्वर्गीय नाग की नागमणी है और वह अपने नाग को ढूँढते ढूँढते माधव के घर पहुची है।

काली अपने साथियों को और शिष्यों को और अधिक सावधान रहने की सलाह देते हुए कहता है कि वह अलौकिक सुंदर स्त्री जिसको उसने रौशनी से निकलते हुए देखा था वह कोई साधारण स्त्री नहीं बल्कि माधव के घर में बार बार आने वाली इच्छाधारी नागिन ही है एवं क्यूंकि इच्छाधारी नाग नागिन नागमणी की रक्षा करने के लिए किसी भी स्तर तक जा सकते हैं अत: हमें विशेष सावधानी कि आवश्यकता है।

काली अपने साथियों से कहता है कि साथियों, लगता है इच्छाधारी नागिन को पता चल गया है कि हम उसे पकड़ने आए हैं और उसे यह भी लगता होगा कि हम नागमणी को उससे छीनने की मंशा रखते है, तो आज रात को सोते समय वह हम पर आक्रमण कर सकती है उसे हमारे ठिकाने के बारे में ज़रूर पता होगा और वह निश्चय ही यहाँ आयी होगी पर मंत्रो से पूजित गोल घेरे के कारण वह हम पर आक्रमण नहीं कर पायी होगी। रात के समय ख़तरा ज़्यादा हो सकता है अत: हमें सावधान रहने की आवश्यकता है। रात को कोई एक आदमी जाग कर पहरा देगा और उस नागिन को आते देख सबको सचेत कर देगा

काली सपेरा सीतापुर गाँव आया था नाग पकड़ने लेकिन उसका सामना एक इच्छाधारी नागिन से हो जाएगा ऐसी उसने कभी कल्पना भी नहीं की थी। कितनी ही बार वह अपने गुरुदेव के साथ

हिमालय की घाटियों में इच्छाधारी नाग नागिनों की खोज में गया था लेकिन उन्हें कभी भी उनके दर्शन नहीं हुए थे। परन्तु आज उसकी मनोकामना पूर्ण हो गयी थी।

काली समझ गया था कि इच्छाधारी नागिन को पकड़ना उसके बस की बात नहीं है लेकिन नागमणी धारण किए हुए नागिन को देखकर उसकी कल्पना और आकांक्षाएं आसमान छूने लगी थी।

काली की बरसों से तमन्ना थी कि वह इच्छाधारी नाग नागिन को देखे, किंतु कभी भी उसे यह अवसर नहीं मिला और उसकी इच्छा उसके दिल में ही दबके रह गयी थी, किंतु आज का नज़ारा देख उसके दिल में छुपी हुई नागमणी पाने की तमन्नाएं और आकांक्षाएं जाग उठी। उसने सोचा कि वह यहाँ से अपने कबीले में जाकर गुरुदेव द्वारा नागमणी को प्राप्त करने हेतु सिखाई गयी कठोर साधना फिर से शुरू करेगा और पूरी साधना करने के बाद ही वह इच्छाधारी नागिन से नागमणी प्राप्त करने का प्रयास करेगा।

उसने सोचा कि अलौकिक शक्ति को धारण किए हुए नागमणी को हासिल करने के बाद वैभव, लक्ष्मी उसके घर वास करने लगेगी और देखते ही देखते वह एक शक्तिशाली और धनी व्यक्ति बन जाएगा।

दूसरी तरफ़ माधव और माधवी दिन भर हुए घटना क्रम से भयभीत होकर नागदेवता से क्षमा याचना करते हैं और शीघ्र ही भोजन कर सोने चले जाते हैं।

हिमालय की घाटियों में अंधेरा बहुत जल्द ही हो जाता है इसलिए वहाँ के गाँव में रहने वाले लोग जल्द ही भोजन कर सो जाते हैं।

अपने घर में माधव एक चारपाई पर लेटा हुआ था और बग़ल में ही दूसरी चारपाई पर माधवी माही को पास में लिटा कर सोने की तैयारी कर रही थी। मध्य रात्रि में करवट बदलने से माही के ऊपर हाथ रखने पर माधवी को अहसास हुआ की माही के ऊपर सर्प जैसा कुछ है।

माधवी एक झटके से उठती है और लाइट जलाकर देखती है कि एक साँप दरवाज़े से बाहर जा रहा है। माधवी को समझते देर ना लगी कि माही के ऊपर साँप था और उसे देखते ही वह चला गया।

माधव कच्ची नींद में था माधवी ने उसे जगाया और साँप को बाहर जाते हुए देखने की पूरी बात बतायी। माधवी की बात सुनते ही वह झट से उठा और माही को उठाकर उसके शरीर को टटोल कर अच्छे से देखने लगा की वो ठीक तो है उसे कुछ हुआ तो नहीं और माही एकदम ठीक है इस बात की तसल्ली करने के बाद उन्हें इस बात की संतुष्टि हो गयी की उस साँप ने उन्हें कोई नुक़सान नहीं पहुँचाया जिससे उनकी जान में जान आयी। उन्होंने नागदेवता को धन्यवाद देते हुए यह निर्णय लिया कि वे इस बात की जानकारी काली सपेरा को नहीं देंगे और वे निश्चिंत होकर सो गए।

रात्रि अपने चरम पर थी। माधवी ने एक सपना देखा और सपना देखते ही वह चौंककर जाग गयी एवं उठकर बैठ गयी। उठते ही उसने माधव को जगाया और अपने सपने के बारे में उसे बताने ही जा रही थी कि माधव नींद में खीझते हुए बोला क्या बात है? माधवी, सुबह मुझे काम पर जाना होता है और तुम मुझे सोने नहीं दे रही हो बार बार उठा दे रही हो।

दरअसल बात ही कुछ ऐसी है कि मुझे आपको जगाना पड़ा।

अच्छा, अब क्या बात है?

माधव! जिस नाग को हम रोज़ अपने घर में देखते है वह कोई साधारण नाग नहीं बल्कि एक इच्छाधारी नागिन माता है। मैं सो रही थी कि वही नागिन माता मेरे सपने में आकर खड़ी हो गयी और मुझसे कहने लगी मूर्ख माधवी! तेरी क्या मति मारी गयी है, क्या तुझे शतु और मित्र में कोई अंतर नहीं मालूम, वर्षो से मैं तेरे घर आती रही हूँ क्या मैंने कभी भी तुम्हारे परिवार को कोई नुक़सान पहुँचाया? इतना कहते ही उसका आधा शरीर सुंदर स्त्री का और आधा शरीर साँप का हो गया। मैंने अपनी पूरी ज़िंदगी में इतनी सुंदर स्त्री नहीं देखी। ऐसा लग रहा था कि मानो अमावस्या की काली रात में एकाएक चंद्रमा का उदय हो गया हो। नाग कन्या की सुंदरता का वर्णन मैंने धार्मिक ग्रंथों में पड़ा है, लेकिन आज मुझे उस दिव्य रूप के साक्षात दर्शन हो गये। नागमाता के दर्शन पाकर मैं धन्य हो गयी। उनका चेहरा ऐसे चमक रहा था मानो चंद्रमा की असंख्य रश्मियाँ उनके चारों ओर फैल रही हैं। क्रोध में वह मुझे डाँट रहीं थी लेकिन ऐसा लग रहा था जैसे माँ अपने संतान की किसी भूल के कारण उसे डाँट रही हो, उनकी डाँट में भी मुझे अपनापन महसूस हुआ। उन्होंने मुझसे कहा कि "मैं तेरे परिवार की रक्षा करने आयी हूँ और तूने मुझे ही पकड़वाने के लिए उस ढोंगी, पाखंडी और लालची, काली सपेरे को बुलाया है, जो तेरे घर के सामने डेरा डाल कर बैठा हुआ है।

मुझे पकड़ना उसके बस की बात नहीं है, कई साल पहले उसके गुरु ने भी मेरे पति की अमानत नागमणी को पाने के लिए बहुत प्रयत्न किये लेकिन अंत में उसे अपनी जान गवानी पड़ी। अगर मैं चाहती तो आज सुबह ही उसका और उसके शिष्यों का काम तमाम कर सकती थी, लेकिन यह काम मैं तुम्हारे घर में नहीं करना चाहती थी इसलिए मैंने उसे मूर्ख और अज्ञानी समझ कर छोड़ दिया।

उस दिन तुमने माही के पास मुझे बैठा देखा था परंतु तुम्हें उससे पहले की घटना के बारे में जानकारी नहीं है, तुम्हारे घर के पीछे एक नीम का वृक्ष है, उस वृक्ष के नीचे पूरब दिशा में एक बिल है वहाँ एक सामान्य नागिन रहती है उसने तेरे बच्चे को डस ही लिया होता, शुक्र मनाओ कि सयोंग वश मैं समय पर आ गयी और मुझे देखते ही वह भयभीत होकर अपने बिल में चली गयी। अगर मुझे पहुचने में तनिक सा भी विलम्ब हुआ होता तो वह नागिन तेरे बच्चे को काट चुकी होती।

वैसे तो उसका ख़तरा पूरे गाँव को है लेकिन सबसे ज़्यादा ख़तरा तेरे घर में इसलिए है क्यूँकि वह तेरे घर के एकदम पीछे रहती है।

वर्षों पहले की बात है तुम्हारे गाँव के एक व्यक्ति ने उस नागिन के नागपति को अकारण ही मार डाला था। नागिन ने उस व्यक्ति को मारकर अपना बदला तो पूरा कर लिया किंतु साथ ही साथ वह तुम्हारे पूरे गाँव के सभी लोगों को मार देना चाहती है। उसकी इस भावना के कारण वह दुष्ट प्रकृति की नागिन बन चुकी है। तुम उसे सँपेरों द्वारा पकड़वा लेना क्यूँकि उसके जाने के बाद तुम्हारा गाँव उसके ख़तरे से मुक्त हो जाएगा।

इतना कहने के बाद नागिन माता अपने वास्तविक स्वरूप में आकर घर के बाहर चली गयी, और मेरी आँख खुल गयी। मेरे धन्य भाग्य कि नागिन माता के साक्षात दर्शन हुए और नागिन माता ने उस दुष्ट नागिन से मेरे बेटे माही की रक्षा की। वास्तव में हमसे बड़ी भूल हो गयी है जो हमने अनजाने में ही नागिन माता को पकड़वाने के लिए सँपेरे को बुला लिया है।"

माधवी के सपने की बात सुनकर माधव चौक गया पर उसे माधवी के सपने पर विश्वास करने का मन भी कर रहा था लेकिन फिर भी अपने को सही साबित करने के लिए उसने सोचा की नागिन माता की बतायी हुयी जगह जहां उस नागिन का बिल है उसे वह सुबह होते ही देखने जाएगा।

अभी वह सोच ही रहा था कि उसे बहुत पुरानी बात याद आ गयी। एक बार गाँव के सबसे बुजुर्ग व्यक्ति नें उसे बताया था कि जब वे छोटे थे तो गाँव के एक आदमी ने नाग नागिन के जोड़े में एक साँप को अकारण ही मार डाला था। मरने वाला साँप नाग था। नागिन ने अपने नाग का बदला उस आदमी को मारकर ले लिया था लेकिन उसके बाद नागिन यही गाँव में कहीं चुप गयी। आज पता चला वह नागिन उसी के घर के पीछे नीम के पेड़ के नीचे बिल में रहती है।

माधव ने माधवी से पूछा कि उसने नागिन माता से यह पूछा क्या कि हमारे घर में रहने का उनका क्या प्रयोजन हैं? उन्हें माही से इतना लगाव क्यों है।

माधव की बात सुन माधवी उससे कहती है कि "यह सब पूछने से पहले ही नागिन माता ग़ायब हो चुकी थी।"

माधव और माधवी की आँखों में अब नींद कहाँ, उन्होंने निर्णय लिया कि सुबह होते ही वे काली सँपेरे को नीम के पेड़ के नीचे रहनेवाली नागिन को पकड़ने का अनुरोध करेंगे तो इससे वह नागिन माता को पकड़ना भूल जाएगा।

सुबह होने वाली थी काली सपेरा के साथी बारी बारी से रात में पहरा दे रहे थे लेकिन नागिन नहीं आयी तब काली सपेरा अपने साथियों से कहने लगा की अपना सामान बांध लो हमें अब अपने कबीले लौटना पड़ेगा इस समय इस नागिन से उलझना मौत को आमंत्रित करने के सामान है। उसको क़ाबू करने के लिए मुझे कठोर साधना करनी पड़ेगी, अपनी साधना से शक्ति प्राप्त करने बाद मैं नागिन से नागमणी लेने का प्रयास कर सकता हूँ।

अपने साथियों को तैयार करने के बाद काली सपेरा दौड़ता हुआ माधव के घर पहुँचता है और उससे कहता है कि माधव जी, मैं आपसे बहुत महत्वपूर्ण बात करना चाहता हूँ वहीँ माधव को समझ नहीं आ रहा था कि काली सपेरा उससे क्या कहना चाहता है अत: माधव उससे पूछता है कि क्या बात करनी है आपको ?

काली सपेरा बोलता है मुझे पूरा यक़ीन हो गया है कि आपके घर में जो साँप आता है वह इच्छाधारी नागिन है। मैंने मध्य रात्रि उसे आपके घर से निकलते हुए देखा है। और ज़रूर ही उसका आपके बेटे माही से कोई गहरा रिश्ता है, मुझे तो लगता है कि आपका बेटा पूर्व जन्म में इसका नाग था जिसने मनुष्य योनि में आपके यहाँ जन्म लिया है। इस शक्तिशाली इच्छाधारी नागिन को पकड़ने का सामर्थ्य हमारे पास नहीं है। अभी हम लोग अपने कबीले लौट जाते है। हमारे गुरुदेव द्वारा बतायी गयी साधना को करके शक्ति प्राप्त कर फिर से वापस आएँगे।

काली सपेरा की बात सुन माधव आश्चर्यचकित हो गया। उसे माधवी द्वारा बतायी गयी सपने की बात पर पूरा यक़ीन हो गया क्यूँकि नागिन माता से सम्पर्क का वही समय था माधवी का, जब काली ने भी नागिन माता को बाहर निकलते हुए देखा था। अब तो माधव को हर चीज़ साफ़ नज़र आ रही थी।

माधव ने काली को माधवी के सपने की पूरी बात ना बताकर इतना कहा कि उसके घर के पीछे नीम का वृक्ष है। वृक्ष के नीचे बिल के अंदर एक नागिन रहती है जिसे वह पकड़ ले।

माधव की बात सुनते ही काली अपने साथियों को बीन लेके आने को कहता है, उसके सभी साथी और शिष्य जब काली के पास पहुँचते है तब वह उन्हें माधव द्वारा बताये गए नीम के पेड़ के पास ले जाता है और वहाँ उन्हें एक बिल नज़र आता है। सारे सँपेरे बीन बजाकर नागिन को बुलाने का प्रयास करते है और अंतत: नागिन को बाहर निकलने पर विवश कर देते हैं। नागिन गुस्साते हुए बाहर निकलती है और फूँफकार मारने लगती है। कुछ देर तक परिश्रम करने के बाद सपेरों ने उस काली नागिन को क़ब्ज़े में कर लिया।

पूरे गाँव में खबर फैल गयी कि गाँव को परेशान करने वाली नागिन माधव के घर की पीछे रहती थी। सारा गाँव माधव के घर के सामने नागिन को देखने के लिए इकट्ठा हो गया। काली नागिन को पकड़ कर काली सपेरा और उसके साथी, शिष्य वहाँ से अपने कबीले की तरफ़ रवाना हो गए।

माधव और माधवी अब थोड़ा निश्चिंत हो जाते है कि वे अब नागिन माता कि छत्रछाया में है, अत: उन्हें किसी बात का डर नहीं है।

दो दिन बाद नागपंचमी थी। नागपंचमी के दिन नागों की पूजा करने वाले श्रद्धालुओं का भक्ति भाव से माधव के घर आना जाना शुरू हो गया।

सभी भक्तों ने एकमत से माधव के घर के सामने नाग देवता और नाग देवी का मंदिर बनाने का निर्णय लिया।

काली सपेरा के रात में इच्छाधारी नागिन को देखने की बात बहुत दूर दूर तक फैल गयी जिस कारण दूर दूर से लोग इच्छाधारी नागिन के दर्शन पाने कि लालसा लिए माधव के घर के सामने रात को छिप कर रहते थे कि कभी तो उनको नाग माता के दर्शन हो जायेने, वे लोग रात भर जागकर नाग देवता और देवी की आराधना करते कि एक बार उनको नागिन माता दर्शन दे और वे उनके दर्शन कर धन्य हो जाएँ।

लोगों ने इच्छाधारी नाग नागिन का ज़िक्र मात्र धार्मिक ग्रंथो में पढा व सुना था, कभी वास्तविकता में इनको नहीं देखा था। गाँव के निवासी नाग को भगवान शिव का कंठ हार समझ पहले से ही पूजा करते हैं लेकिन अब उनकी श्रद्धा और भी अधिक बलवती हो गयी थी।

माधवी के सपने में इच्छाधारी नागिन आयी थी और उन्होंने ही उस दुष्ट नागिन का पता बताया था इस बात की खबर जब गाँव में फैल गयी तो लोगों के मन में इच्छाधारी नागिन के प्रति और भी श्रद्धा भाव उत्पन्न हो गया। लोगों को विश्वास हो गया था कि नागिन माता उनके क्षेत्र का कल्याण करने के लिए ही आयी हैं।

लोगों ने मंदिर बनाने के लिए चंदा इकट्ठा करना आरम्भ कर दिया। हज़ारों रुपए जमा हो गए। और कुछ ही दिनो में माधव के घर के सामने नाग नागिन का छोटा सा मंदिर स्थापित हो गया।

गाँव के लोग बहुत सीधे और सरल होते है। उनके विश्वास को शहर में रहने वाले लोग अंधविश्वास कहते है, हालाँकि इसका कोई वैज्ञानिक पहलू तो नहीं है गाँव के लोगों को विश्वास है कि उनका चढ़ाया गया दूध नागदेवता पीते है।

मंदिर में दूर दूर से लोग श्रद्धा भाव लेकर आने लगे। लोगों को विश्वास था की अगर वह श्रद्धा भाव से नाग देवता और नागिन देवी की आराधना करेंगे तो एक दिन नागिन माता उन्हें दर्शन देंगी, मंदिर काफ़ी प्रसिद्ध हो गया और लोग वहां अपनी मन्नत भी माँगने लगे।

दूसरी तरफ़ काली सपेरा अपने कबीले तो लौट आया था लेकिन उसके दिमाग़ में नागमणी को हासिल करने का षड्यंत्र चल रहा था। उसका गुरु जो काम नहीं कर पाया अब वह अधूरा कार्य वह करना चाहता था। इसलिए उसने ठान लिया था कि गुरुदेव द्वारा छोड़ी गयी साधना को पूरी करने के लिए वह कड़ी मेहनत करेगा।

काली को विश्वास हो गया था कि माधव के घर आने वाली इच्छाधारी नागिन का माधव के बेटे माही के साथ एक गहरा सम्बन्ध है इसलिए वह अक्सर माधव के घर आ ज़ाया करती है। माही ही उसके पूर्व जन्म का नाग है और जब तक माही उस घर में है, नागिन माधव के घर को कभी नहीं छोड़ेगी।

काली ने अपने गुरुदेव के साथ हिमालय की दुर्गम घाटियों के कई चक्कर लगाए थे लेकिन उन्हें कभी भी इच्छाधारी नाग नागिन नहीं दिखे थे लेकिन माधव के घर उसने अपनी आँखो से इच्छाधारी नागिन को देखा था उसने अपने गुरुदेव द्वारा दी गयी सारी तांत्रिक किताबों का अध्यन

करके साधना करना शुरू कर दी, वह अपनी सुधबुध खो चुका था नागमणी के लालच में वह इतना अंधा हो चुका था कि उसे सही ग़लत कुछ नज़र नहीं आ रहा था और वह अपनी साधना को पूर्ण करने के लिए कठोर परिश्रम करने में लगा था।

समय का पहिया अपने वेग से घूम रहा था। पंद्रह वर्ष बीत चुके थे। नागिन का माधव के घर रोज़ आना जाना होता था। वह अब एक परिवार के सदस्य की तरह निडर होकर माधव के घर आती रहती थी।

जैसे जैसे माही बड़ा हो रहा था, इच्छाधारी नागिन का आकर्षण उसके प्रति बढ़ रहा था। माही जब छोटा था तब अपने माता पिता के साथ सोता था। लेकिन अब वो बढ़ा हो चुका था इसलिए वह दूसरे कमरे में अकेला सोता था फलस्वरूप नागिन को भी माही के साथ अकेले रहने का मौक़ा मिल गया था। वह रात्रि में अधिकतर समय माही के साथ उसके कमरे में बिताने लगी। रात में माही के सो जाने के पश्चात माही के बग़ल में लेट जाती थी।

माधव के घर इच्छाधारी नागिन के रोज़ आने की खबर दूर दूर तक फैल गया जिस कारण नागमणी की खोज में भ्रमण करने वाले तांत्रिको को भी इसकी खबर मिल गयी। कभी तांत्रिक,कभी सँपेरे तो कभी अघोरी बाबा सीतापुर गाँव के आसपास आने लगे थे लेकिन गाँव वालों के विरोध के कारण वे भाग जाते थे।

इच्छाधारी नागिन माता एक पूजनीय देवी की तरह स्थापित हो चुकी थी।

और दूसरी तरफ़ काली सँपेरे को भी साधना करते करते पंद्रह वर्ष पूरे हो गए थे। उसकी साधना पूरी हो गयी थी जिस से वह बहुत शक्ति-शाली हो गया था। अब उसे अपने ऊपर पूरा विश्वास हो गया था कि अब वह उस इच्छाधारी नागिन से नागमणी छीनने में अवश्य सफल होगा। उसकी मति मारी गयी थी, सही ग़लत का कोई होश ना था, लालच ने उसके मस्तिष्क पर इतना प्रभाव डाल रखा था की उसने संकल्प ही कर डाला कि वो नागमणी लेकर ही दम लेगा।

एक दिन काली सपेरा अपने साथी सँपेरे और शिष्यों के साथ सितापूर गाव की ओर चल पड़ा और वहाँ जाकर माधव के घर के सामने वृक्ष के नीचे डेरा लगाकर बैठ गया जहां वो पंद्रह साल पहले रुका था।

माधव सहित पूरे गाँव को जब यह बात पता चली की काली सपेरा और उसका झुंड किस मक़सद से आया है तो पूरा गाँव उसका विरोध करने के लिए वहाँ इकट्ठा हो गया और गाँववालों ने उसे धमकी दी कि अगर वह नागिन माता को नुक़सान पहुचाने आया है या उसकी नागमणी छीनने की मंशा है तो वे उसे और उसके साथियों को जान से मार डालेंगे। गाँव वालों ने उसे बहुत धमकाया। गाँववालों को रोष में देखते ही काली सपेरा घबरा गया और वहाँ से भाग निकलने की बात सोचने लगा।

काली ने सोचा कि इस समय गाँववालों के मुंह लगना बेकार है। वह अभी सामना करने की स्थिति में नहीं था अंततः काली सपेरा अपने साथियों के साथ सीतापुर गाँव से बाहर चला गया।

नागमणी की चाह ने उसे पागल व अंधा बना दिया था। उसने उस जगह डेरा लगाने का विचार किया जहाँ पंद्रह साल पहले नागिन को पहाड़ी पर जाने वाले रास्ते पर नीली रौशनी में देखा था। काली और उसके साथी उसी जगह घाटियों के अंदर छुपकर नागिन का इंतज़ार करने लगे। काली को पूरा विश्वास था की नागिन उस रास्ते से ज़रूर निकलेगी और तभी वह उसपर आक्रमण कर उससे नागमणी प्राप्त कर लेगा। कई दिनो तक वे नागिन का इंतज़ार करते रहे। बारी बारी कोई एक रात को जागकर पहरा देता था। ऐसा करते करते एक महीना बीत गया लेकिन वह इक्षाधारीनागिन उन्हें आते जाते नहीं दिखी। तभी एक दिन जब वे निराश होकर बैठे ही थे कि अचानक उन्हें तेज नीली रौशनी दिखलाई पड़ी और नागिन उस रौशनी से बाहर आते हुए नज़र आई। नागिन को देखते ही उनकी आँखो में चमक आ गयी और सभी खुली आँखो से नागमणी को पाने का सपना देखने लगे, काली नें तो निश्चय कर लिया कि वह इक्षाधारी नागिन से नागमणी छीन लेगा और पूरे विश्व में सबसे शक्तिशाली बन जाएगा।

काली सपेरे ने अपने सभी साथियों को सावधान करते हुए कहा की तुम लोग चुपचाप नागिन को चारों ओर से घेर लो, लेकिन याद रखना, तुम लोगों की उपस्तिथि का ज़रा सा भी आभास नागिन को नहीं होना चाहिए अन्यथा वह आक्रामक हो जाएगी और हमारा सारा खेल बिगड़ जाएगा।

काली के कहे अनुसार उसके शिष्यों और साथियों ने नागिन को चारों ओर से घेर लिया तब काली का सामना जैसे ही इक्षाधारी,नागिन से हुआ उसने अपना तंत्रमंत्र के वार आरम्भ कर दिये, नागिन उसे देखते ही अग-बबूला हो गयी और ग़ुस्से से बोली रे दुष्ट सपेरे, तू लालची प्रवृत्ति का है, तू मुझसे नागमणी छीनने की मंशा से यहाँ आया है तेरा सर्वनाश होगा। तू भी तेरे गुरु की तरह मारा जाएगा। आज मैं तुझे एक मौक़ा देती हूँ, अगर तू यहाँ से चला जाएगा तो मैं तुझे जीवन दान दे दूँगी अन्यथा इसका परिणाम बहुत बुरा होगा। तेरी मौत निश्चित है।”

किंतु काली सपेरा तो नागमणी की लालच में अपनी सुदबुद खो चुका था अतः उसने नागिन माता की बात नहीं मानी बल्कि उनसे कहने लगा "तू मुझे क्या मारेगी, आज तो मैं तुझे मारकर नागमणी ले जाऊँगा, तू मेरा कुछ नहीं बिगाड़ सकती।”

इतना कहकर वह अपनी साधना से प्राप्त मंत्रो का उच्चारण कर नागिन माता की ओर प्रेषित करने लगा। उसे तो इक्षाधारी नागिन के शक्तियों का अंदाज़ा ही नहीं था। उधर नागिन माता को भी काली के इरादे सही नहीं लग रहे थे। वह समझ चुकी थी कि काली सपेरा यहाँ से जाने वाला नहीं है।

काली सपेरा इस सुनहरे अवसर को जाने नहीं देने वाला था। उसे अपनी साधना पर पूरा विश्वास था। अहंकार से उसका दिमाग़ भरा हुआ था। उसने ठान लिया था कि आज वह नागमणी लेने में सफल हो जाएगा। उसे अनुमान था की इक्षाधारी नागिन नागमणी को निगल कर वास्तविक नागिन के रूप में आ जाएगी और उससे भागने का प्रयास करेगी। नागमणी निगलने के कारण चारों ओर अंधेरा छा जाएगा। अंधेरे का लाभ उठाकर इक्षाधारीनागिन भागने का प्रयास करेगी तभी सपेरा उसपर अपने सिद्ध तंत्र मंत्र का प्रयोग करेगा और उससे अलौकिक शक्ति वाली नागमणी छीन लेगा।

कहते हैं ना कि अपने बल पर आवश्यकता से अधिक अहंकार करने वाले एवं प्रतिद्वंदी के बल को कम आंकने वाले व्यक्ति सदैव ही विपत्ति में फँस जाते हैं एवं ऐसे ही लोग युद्ध में पराजित हो जाते हैं।"

सँपेरे काली को भी अपने साधना पर आवश्यकता से अधिक गर्व होने लगा था एवं अहंकार के कारण नागिन की शक्तियों का आकलन करने में वह असफल रहा।

आबादी से मीलों दूर हिमालय की घाटियों में काली सपेरा और इक्षाधारी नागिन के बीच एक दूसरे का बल परीक्षण शुरू हो गया था। बीन की आवाज़ गूंजने लगी माहोल आक्रामक होने लगा, एक दूसरे के ऊपर शक्ति का वार आरम्भ हो गया। वहां का वातावरण एक युद्ध के मैदान सा प्रतीत हो रहा था।

काली सपेरा अपने शक्तिशाली मन्त्रों तंत्रो का वार इक्षाधारी नागिन के ऊपर करने लगा और नागिन उसके हर वार को विफल करने लगी। नागिन धीरे धीरे ख़ौफ़नाक एवं आक्रामक होती जा रही थी। काली सपेरा का कोई भी वार सफल नहीं हो रहा था। बार बार मात खाने से काली घबरा गया और उसे अपनी मौत सामने आती हुई नज़र आ रही थी। नागिन के भयंकर वार से काली निराश हो गया था और थक भी गया था। वह चिल्लाकर अपने साथियों को कहने लगा चलो यहाँ से! वरना सब अपनी जान से हाथ धो बैठोगे, भागो! भागो!"

इक्षाधारी नागिन ने जब देखा कि काली सपेरा भागने की फिराक में है तो वह उसको ललकारते हुए बोली मूर्ख सँपेरे! मैंने तो तुझे पहले ही कहा था कि मुझसे मुक़ाबला करना तेरे बस की बात नहीं और तुझे मैंने एक मौक़ा भी दिया था कि तू अपनी गलती मान यहाँ से चला जा, लेकिन तूने मेरी बातों को अनसुना कर दिया।

"जिस तरह अंधेरे में जलते हुए दिए की लौ के आसपास कीट पतंगे उसकी रौशनी से आकर्षित होकर लौ के क़रीब जाकर उसमें जलकर भस्म हो जाते हैं ठीक उसी प्रकार ए! मूर्ख सँपेरे तूने भी नागमणी की चमक, सुंदरता,वैभव और अलौकिकता की लालच में अपने गुरु की तरह मौत को गले लगाने की तैयारी कर ली है। अब मुझसे बच पाना तेरे लिए नामुमकिन हैं। बरसों पहले जब तू माधवी के घर मुझे पकड़ने के लिए आया था तब मैंने तुझे और तेरे शिष्यों

को मूर्ख और अज्ञानी समझ कर छोड़ दिया था लेकिन तेरी हरकतों ने आज मुझे विवश कर दिया है इसलिए आज मैं तुझे नहीं छोड़ूँगी।"

इतना कहकर इक्षाधारीनागिन नें हवा में उड़कर अपनी विष ग्रंथियो से विष की पिचकारी छोड़ते हुए काली सँपेरे पर आक्रमण कर दिया और उसके गले से लिपटकर नाग फाँस बनाकर उसे डस लिया।

भयंकर विष के प्रभाव से काली सपेरे के प्राण पखेरू उड़ गए। अपने गुरु की तरह नागमणी की लालच में काली सपेरा भी अपने हाथों से अपनी जान गवां बैठा। लालच बहुत बुरी बला हैं। पराई वस्तुओं को अपना बनाने वाली अभिलाषा रखने वाले लोगों की काली सँपेरे की तरह ही दशा होती हैं।

सँपेरे काली की यह दशा देख उसके शिष्य व साथी थर थर काँपने लगे। अपने गुरु की मृत्यु देख वे समझ गए कि नागिन अब उन्हें भी नहीं छोड़ेगी। वे जाकर नागिन माता के पैरो में गिर पड़े और कहने लगे कि "हे, नागिन माता! हमें माफ़ कर दो,हम तो हमारे गुरुदेव की आज्ञा पालन कर रहे थे। नागमणी को छीनने की मंशा हमारी कभी ना थी।"

प्रायश्चित भाव से उन लोगों के द्वारा विनती किए जाने पर इक्षाधारी नागिन को उनके ऊपर दया आ गयी। नागिन देवी ने उनसे कहा ठीक है, तुम लोग जाओ, तुम लोगो को मैं जीवन दान देती हूँ लेकिन अगर तुम लोग नागमणी की लालसा लेकर इधर कभी दिखे तो अपने गुरु की तरह अपनी जान से हाथ धो बैठोगे।

इतना कह इक्षाधारी नागिन वहाँ से अदृश्य हो गयी। उसको अपनी नागमणी की रक्षा करने के बाद बहुत ही सुकून मिल रहा था। क्रोध शांत हो जाने के बाद इक्षाधारी नागिन सीधे सीतापुर गाँव में माधव के घर पहुँची और घर पहुँचकर वह सीधे माही के कमरे में गयी जहाँ माही बहुत ही गहरी नींद में था। इक्षाधारी नागिन उसके पास जाकर उससे लिपट कर लेट गयी। ठीक उसी समय माही एक सपना देखता हैं कि एक नागिन एक सुंदर स्त्री के रूप में परिवर्तित हो गयी और उसके बग़ल में आकर लेट जाती है और उसके साथ आलिंगन करने लगती हैं। सपने में ही नागिन माही से याचना करती है कि "हे प्राण नाथ आज मैं बहुत ही बड़ी विपत्ति में फँस गयी थी, आपकी अमानत नागमणी को छीनने के लिए सँपेरों के झुंड ने मुझ पर आक्रमण कर दिया था लेकिन आप की प्रेरणा और साथ के कारण मैं नागमणी को बचाने में सफल हो गयी हूँ", कहते कहते नागिन के आँखो से अशु बहने लगे और वह रोते रोते कहने लगी कि "आपके चले जाने से आपकी दामिनी एकदम अकेली पड़ गयी हैं मैं अनाथ हो गयी हूँ हम ने जो मधुर पल एकसाथ गुज़ारे थे वे पल ना जाने कहाँ खो गए हैं, मैं तीन पीढ़ियों से आपको ढूँढ रही हूँ, गाँव, घाटियों,पर्वतों के चक्कर लगा रही हूँ।

एक पत्नी के ऊपर से पति का साया उठ जाने से एक स्त्री को कितना दर्द होता हैं कितना कष्ट सहना पड़ता हैं यह पीड़ा मुझसे अधिक कोई नहीं जनता। आपके बिना एक एक पल काटना

मुझे वर्षों के समान लगता है। आपकी दामिनी इस संसार में नितांत अकेली रह गयी है। मैं आपको ढूँढते ढूँढते आपके पास पहुँच जाती हूँ, जहां आप होते हैं लेकिन इंतज़ार इस बात का है कि आप मनुष्य योनि से सर्प योनि में कब आएँगे? हमारा दुबारा मिलन कब होगा? यह तो विधाता ही जानता है । मेरी नागेश्वर महाराज से विनम्र विनती हैं कि वे मुझे मेरे नाग पति से एक बार फिर मिला दें।

यह सब याचना करने के बाद वह माही के साथ प्रेम क्रीड़ा करने लगती है। सपने में एक सुंदर स्त्री के साथ प्रेम क्रीड़ा माही को अच्छी लग रही थी। माही को भी लग रहा था की इस स्त्री से उसका पहले से कोई सम्बंध है। नागिन द्वारा कही गयी एक एक बात उसके दिल को छू रही थी। नागिन की हर बात उसे सत्य लग रही थी। माही का हृदय दुखी होने के साथ साथ विचलित हो जाता है।

सुबह, माही की आँखे खुलती हैं और वह नागिन को अपने चारपाई से उतरकर बाहर जाते हुए देखता है।

नागिन के साथ इतने साल तक रहने के कारण माही को उससे डर नहीं लगता था। माही को लगता है कि नागिन उसकी शुभचिंतक है। सपने में नागिन का स्त्री रूप में आना और उससे बात करना माही को बहुत अच्छा लगता है।

माही जब सोके उठता है तो उसका देखा हुआ सपना उसे याद रहता है। उसे नागिन का स्त्री रूप में आना उससे प्रेम क्रीड़ा करना, उसे आलिंगन करना माही को सब याद रहता है। माही अपने सपने के बारे में काफ़ी देर तक सोचता है। उसे लगने लगता है कि जिस तरह इतने सालो से इक्षाधारी नागिन उसके पास आती है और आजकल तो सपनों में भी आती है उससे तो यही प्रतीत होता हैं कि उसका उस नागिन से ज़रूर ही कोई सम्बंध है।

सोच में डूबे हुए माही को देखकर उसकी माँ माधवी उससे कहती हैं "क्या बात हैं बेटा? सुबह सुबह इतने चिंतित लग रहे हो। क्या कोई बुरा सपना देखा?”

माँ की बात सुन माही सामान्य बनने की कोशिश करते हुए माँ से कहता है नहीं! नहीं माँ! मैं तो ऐसे ही बैठा था।

लेकिन माँ से बच्चे का दु:ख तो छिपता नहीं। माधवी को लग रहा था कि माही परेशान है किंतु अभी शायद कुछ बताना नहीं चाहता। और माही से भी उसने कुछ नहीं पूछा। उसने सोचा बाद में सही समय देखकर उसके परेशानी का कारण पूछ लेगी।

अब माही एक सजीला युवक हो गया था। वह कॉलेज में बी ए फ़ाइनल ईयर में था। वह अपने कॉलेज जाने की तैयारी कर रहा था, लेकिन रात के सपने ने उसे झकझोर दिया था। उसे नागिन की करुणा भरी बातें याद आ रही थीं। वह उदास मन से ही अपने दैनिक कार्यों में लगा हुआ था। उसकी चुप्पी माधवी के मन में शंका पैदा कर रही थी।

माही का उदास चेहरा माधवी को परेशान कर रहा था। माही एक हंसमुख स्वभाव का लड़का जो घर में सबको हंसी मज़ाक़ करते हुए हँसाता रहता है आज वह बहुत ही अलग लग रहा था।

रोज़ कॉलेज जाने से पहले वो अपनी माँ से नाश्ता माँगता था किन्तु आज तो उसने नाश्ता भी नहीं माँगा।

माधवी की शंका अब यक़ीन में बदल गयी। अब उसे पूरा विश्वास हो गया कि ज़रूर कोई बात हैं जो माही को परेशान कर रही है। माधवी ने नाश्ता निकालकर माही को दिया और उससे पूछने लगी "बेटा! मैं तेरी माँ हूँ! मुझे पता चल जाता है कि तेरे चहरे पर क्या लिखा है। काफ़ी देर से देख रही हूँ तू परेशान है, क्या बात है? बोल दे, बोलने से मन हल्का हो जाता है। मुझसे अगर तू कहेगा तो हो सकता हैं मैं तेरी चिंता दूर करने का उपाय बता दूं।"

माधवी के बार बार पूछने पर माही अपनी माँ को रात में देखे गए सपने के बारे में सब कुछ बता दिया। उसने बताया कि इक्षाधारी नागिन उसके सपने में आयी और एक सुंदर स्त्री का रूप धारण किया। वो उसे अपना पूर्व जन्म का नागपति मानती हैं। वह जिस प्रेम और आत्मविश्वास से उसे अपना नागपति मानती हैं उससे तो यही लगता हैं की ज़रूर उसके साथ उसका गहरा सबँध है। माही अपनी माँ से कहता है, "माँ! पता नहीं क्यूँ, उस नागिन की बातों में मुझे सच्चाई नज़र आती हैं। अपनी पति को खो देने के बाद उसकी छटपटाहट और उदासी देखकर मुझे बहुत कष्ट होता है".वह एक सुंदर स्त्री का रूप धारण कर मुझसे लिपटकर विलाप करने लगी। उसका इस तरह मुझसे लिपटकर विलाप करना मुझे बेचैन करने लगा। एक दु:खी पत्नी की व्यथा सुनकर मैं बहुत दुखी हूँ। उन्होंने मुझसे यह भी बताया कि काली सपेरे ने उन पर आक्रमण किया था और उन्होंने उस कि जीवन लीला समाप्त कर अपनी नागमणी को बचा लिया था। यह तो ईश्वर ही जनता है कि मैं उनका पूर्व जन्म का नागपति हूँ या नहीं लेकिन मुझे उनकी बातों ने अत्यंत विचलित कर दिया है। मुझे सोचने पर मजबूर कर दिया है कि इन सब बैटन में अवश्य ही कुछ सच्चाई हैं।"

माही की पूरी बात सुन माधवी कहती हैं बेटा! सपना तो हर व्यक्ति देखता हैं, सपना भी कभी सच होता है क्या? सपने की बात को लेकर इतना चिंतित होने की आवश्यकता नहीं है। सपने को भूल जाओ और अपनी पड़ाई पर ध्यान केंद्रित करो।"

माही अपनी माँ से बड़े प्यार से कहता हैं कि माँ, पहले तो मैं उन्हें नागिन माता ही समझता था। वह रोज़ मेरे कमरे में आती थी लेकिन जब मैंने उन्हें मेरे सपने में एक सुंदर स्त्री में परिवर्तित होते हुए देखा और उनकी दर्द भरी दास्तान को सुना तो मेरा दिल बहुत दु:खी हुआ और जब मेरी आँखे खुली तो मैंने उन्हें अपने बग़ल में पाया और वह धीरे धीरे चारपाई से नीचे उतर कर बाहर चली गयी। इसी से मुझे विश्वास हो गया कि सपने में दिखने वाली स्त्री यही नागिन माता थी।"

माही की बात सुन माधवी कहती हैं जो भी हो बेटा! उसे भूल जाओ, उसे याद करके तुम्हारा कोई फ़ायदा नहीं होगा और इस कारण तुम अपनी पड़ाई पर ध्यान भी नहीं दे पाओगे। इसलिए यही बेहतर होगा कि तुम इन सब बातों को अपने हृदय से मत लगाओ।"

माँ से बात करने के बाद माही कॉलेज चला गया। माही के कॉलेज जाने के बाद माधवी बेटे की बात याद कर काफ़ी चिंतित हो गयी। माधवी को लग रहा था की कहीं माही उस स्त्री की बातों में उलझ कर पढ़ाई में ध्यान लगाना ना बंद कर दे।

माधव जैसे ही खेत से वापस लौटा माधवी नें उसे माही के सपने के बारे में बताया जिसे सुन माधव विचलित हो उठा और फिर दोनो बैठकर विचार करने लगे की किस तरह माही को इस परेशानी से निकाला जाय।

माही के सपने के बारे में जानकारी मिलने के बाद माधव को नागेश्वर मंदिर के पुजारी पंडित विष्णु प्रसाद और काली सँपेरे की बात याद आ जाती है कि माही का ज़रूर कोई ना कोई रिश्ता इस नागिन से है और यह बात माही के सपने से पुष्ट हो जाती है।

माही के सपने के कारण माधव और माधवी बहुत परेशान और चिंतित हो गए थे। माता पिता होने के कारण उनका चिंतित होना स्वाभाविक था। माधव नें चिंतित स्वर में माधवी को कहा की माधवी! हमें कोई ना कोई उपाय करना होगा अन्यथा माही के जीवन पर इसका विपरीत असर पड़ सकता है।

दोनो ने आपस में विचार विमर्श कर यह निर्णय लिया की वे नागेश्वर मंदिर के पुजारी पंडित विष्णु प्रसाद के पास जाएँगे और उन्हें माही के देखे हुए सपने के बारे में बताएँगे साथ ही उनसे इस समस्या से निकलने का कोई उपाय बताने के लिए प्रार्थना करेंगे। अब वही कुछ मार्ग दर्शन कर पाएँगे।

माही के कॉलेज से आने से पहले वे मंदिर होकर आ जाना चाहते थे। थोड़ी देर में ही माधव और माधवी मंदिर के लिए निकल पड़े, मंदिर पहुँच कर भगवान भोलेनाथ की अर्चना कर उनसे अपने बेटे पर कृपा दृष्टि रखने के लिए प्रार्थना करते हुए दूध दही और मधु से शिवलिंग अभिषेक कर एवं मंदिर में अच्छे से दर्शन करने के बाद वे सीधे पंडित विष्णु प्रसाद के निवास स्थल पहुँच जाते हैं। विष्णु प्रसाद उन्हें देखते ही पूछते हैं बहुत दिनो बाद आप दिखायी पड़े, सब ख़ैरियत तो है?"

माधव और माधवी विष्णु प्रसाद के चरण स्पर्श करते हैं और अपने आने का

प्रयोजन बताते हुए माही के साथ घटित उसके सपने के बारे में विस्तार पूर्वक कहते हैं।

माधव एवं माधवी पंडित विष्णु प्रसाद को माही की मनोदशा के बारे में बताते हैं कि किस तरह माही अपने सपने में इक्षाधारी नागिन को देखकर विचलित हो गया। माधव पुजारी जी को याचना

करते हुए कहता है कि "बाबा, आप ही कुछ करिए, अब आप ही कुछ उपाय बताएं जिससे हम इस समस्या से मुक्त हो सकें।"

पुजारी विष्णु प्रसाद माधव की पूरी बात सुनते हुए उसे कहते हैं कि "मुझे तो पहले ही लगा था कि आपके बेटे माही का ज़रूर उस नाग से कोई सम्बंध है, तभी तो वो बिना कोई नुक़सान करे माही के आसपास रह रहा है परंतु आज आपके मुख से यह सुना की वह इक्षाधारी नागिन है जो आपके बेटे के सपने में आकर उससे बातें करती है तो इससे तो यही साबित होता हैं की उस नागिन का माही के साथ पूर्व जन्म का नाता है। मेरी आपके लिए यही राय है कि आपलोग इस नागिन को नुक़सान पहुचाने की कोशिश ना करे। ये आपका घर छोड़कर कभी नहीं जाएगी। आप लोगो को इक्षाधारी नागिन से भयभीत होने की आवश्यकता नहीं है। वह आपकी शुभचिंतक है। मैंने कई धार्मिक गृन्थों में पढ़ा है कि इन इक्षाधारी नाग नागिनों का जन्म जन्मांतर का सम्बंध होता हैं अगर किसी परिस्तिथि में दोनो का साथ छूट जाता है तो वे एक दूसरे के लिए तड़फते हैं और एक दूसरे को खोज कर ही मानते हैं। जब तक इनको इनका साथी मिल नहीं जाता तब तक यह उसको खोजते रहते हैं और उनकी यही इच्छा रहती हैं कि किसी ना किसी तरह से अपने साथी को पा लें। बेहतर यही होगा कि आप जल्द से जल्द अपने बेटे माही की शादी कर दें। हो सकता हैं कि माही की पत्नी को देखकर नागिन माही से दूर हो जाय। सामान्यत: यह दयालु प्रकृति के होते हैं मात्र अपने शत्रु से आत्मरक्षा हेतु आक्रामक हो जाते हैं।"

माधव और माधवी, पुजारी पंडित के सुझाव अनुसार निर्णय लेते हैं कि माही की ज़ल्द से ज़ल्द शादी कर देंगे। ऐसा विचार कर अपने गाँव वापस लौट आते हैं।

गाँव आकर माहि के माता पिता अपने आसपास के लोगों, सगे संबंधियो रिश्तेदारों से माही के लिए रिश्ता लाने, देखने को कहने लगे।

जब लोगों को पता चला कि माधव अपने बेटे माही की शादी करवाना चाहता हैं तो उसके लिए दूर दूर से रिश्ते आने लगे। लोगों को विश्वास हो गया था की नागमणी को धारण करने वाली इक्षाधारी नागिन माता की कृपा से माधव का घर हमेशा ख़ुशहाल रहेगा। क्यूँकि उनका ऐसा मानना था कि अलौकिक शक्ति से परिपूर्ण नागमणी जहां भी होती हैं उस स्थान पर वैभव लक्ष्मी की कृपा सदैव बनी रहती है। उस इलाक़े के लोग नाग और नागिन को भगवान भोलेनाथ से जोड़कर देखते हैं। जिस तरह वे भोलेनाथ की आराधना, पूजा इत्यादि करते हैं, ठीक वैसे ही वे इक्षाधारी नाग नागिनों को भी पूजते हैं। इसलिए माधव के घर इक्षा धारी नागिन का आना लोगों कि दृष्टि में भगवान भोले नाथ की ही कृपा दृष्टि थी। गाँव के सभी लोग यही मानते थे कि इक्षाधारी नागिन के रहने के कारण घर में माता लक्ष्मी और माता अन्नपूर्णा का वास सदैव रहेगा। सभी लोग इसी कारण अपनी बेटी का विवाह माही के साथ करना चाहते थे क्यूँकि माही के साथ उनकी बेटी आजीवन खुश रहेगी।

माही को जब पता चला कि उसके माता पिता उसकी शादी की तैयारी कर रहे हैं तो उसे झटका सा लगा। वह सोचने लगा कि अभी तो उसकी पड़ाई भी पूरी नहीं हुई है, उससे कुछ पूछा भी नहीं गया है, उसका पक्ष भी किसी ने जानने की कोशिश नहीं की। आख़िर उसके माता पिता उसकी शादी क्यूँ करवाना चाहते हैं?

यह सिलसिला यूँ ही कई दिनो तक जारी रहा। और देखते ही देखते एक महीना बीत गया। माही के लिए रोज़ ही कोई ना कोई रिश्ता आता। एक दिन पास के गाँव रामपुर के निवासी हरिमोहन जी अपनी बेटी सुकन्या के साथ माधव के घर पधारे। हरिमोहन जी माधव की रिश्तेदारी में भी आते हैं। सुकन्या बी ए की पड़ाई कर रही थी। वह एक सुशील,संस्कारी, मृदुभाषणी लड़की थी। रिश्तेदारी के कारण माधवी सुकन्या से पहले भी मिल चुकी थी। माधवी को सुकन्या बहुत पसंद थी। इसलिए माही की शादी सुकन्या के साथ करने के लिए माधव और माधवी विचार करने लगे।

सुकन्या बहुत ही गुणी एवं संस्कारी लड़की थी और उसके दो बड़े भाई थे। सुकन्या छोटी होने के कारण परिवार में सबकी दुलारी है। हरिमोहन की बेटी सुकन्या में वह सभी गुण विद्यमान थे जो एक संस्कारी कन्या में होनी चाहिए ताकि वह जिस भी घर में जाए वह घर स्वर्ग बन जाए।

इन्ही सब कारणो से माधव और माधवी ने विचार विमर्श करके यह निश्चय किया कि अपने पुत्र माही की शादी सुकन्या से करना ही उचित होगा।

दोनो घरों में रिश्ता लगभग पक्का हो गया था सिर्फ़ शादी की तारीख़ निकालना बाकी था। माही को जब पता चला उसकी शादी तय हो गयी है तो उसे बहुत बुरा लगा की उसके माता पिता ने उसी की शादी के बारे में उससे विचार विमर्श करना उचित ना समझा। उसने इस शादी का विरोध करने के लिए अपनी माँ से बात करने की सोची। दूसरे दिन माही कॉलेज जाने की तैयारी करने लगा। पिता के खेत पर जाते ही माही ने अपनी माँ माधवी से कहा कि माँ, अभी आप लोग मेरी शादी क्यूँ करना चाहते हो? मेरी तो अभी पड़ाई भी पूरी नहीं हुई हैं। मैं अभी शादी नहीं करना चाहता हूँ।”

माधवी तो जानती थी कि माही ठीक ही कह रहा है लेकिन वह उसे कैसे बताए कि किन कारणों से वे उसकी शादी जल्दी करवा रहे हैं।

माधवी ने माही की चिंता को दूर करने का सोच उसे सब सच सच बताने का मन बना लिया। माधवी ने माही को कहा बेटा, जब तुमने इक्षाधारी नागिन को अपने सपने में देखा था और विचलित हो उठे थे उसी दिन तुम्हारे कॉलेज जाने के पश्चात हम बाबा नागेश्वर के मंदिर गए थे और वहाँ के वरिष्ठ पुजारी पंडित विष्णु प्रसाद से मिले, उनसे तुम्हारे सपने के बारे में विस्तार से बताया तथा इस समस्या से मुक्ति प्राप्ति हेतु उपाय भी पूछा। उन्होंने तुम्हारी कुंडली देखी और ये सलाह दी कि जल्द से जल्द तुम्हारी शादी कर दी जाए अन्यथा तुम इक्षाधारी नागिन के

प्रकोप का शिकार बन जाओगे। अब तुम्ही बताओ ऐसी परिस्थिति में हम क्या करते। तुम्हारे जीवन पर कोई संकट न आये और तुम संकट से दूर रहो इसीलिए हमने तुम्हारी शादी करने का फ़ैसला किया है।

वैसे भी तुम्हारी उमर उन्नीस साल की हो गयी है, शादी के लिए ये उम्र सर्वोत्तम है। हम तुम्हारे माता पिता हैं हम तुम्हारा भला ही चाहेंगे इसलिए हमारे कहे अनुसार तुम शादी कर लो।

हरिमोहन अपने दूर के रिश्तेदार हैं और रिश्तेदारी में ही पता चला कि वे अपनी बेटी का विवाह तुम से कराने के इक्षुक हैं उनकी बेटी सुकन्या बहुत ही अच्छी लड़की है अगर तुम हाँ कर दो तो हम सब कन्या को देखने जाएंगे। तो तुम भी सुकन्या को देख लेना उससे बातचीत कर लेना और एक दूसरे के बारे में भी जान लेना।

माँ की बात सुन माही विरोध न कर सका और अपनी रजामंदी दे दी। पहले से ही वह इक्षाधारी नागिन दामिनी की कही हुई बातों से विचलित था इसीलिए उसने माँ की बात को मानना ही उचित समझा।

माँ से बात चीत करने के पश्चात माही कॉलेज चला गया। शादी के लिए माही कि रजामंदी मिल जाने से माधवी के दिल का बोझ हल्का हो गया था।

माधव जब खेत से लौट कर आया तब माधवी ने उसे भी माही के साथ हुई अपनी बातचीत के बारे में बताया जिसे सुनकर माधव बहुत ही ख़ुश हुआ। उसने माधवी से कहा कि हमें ज़्यादा देर नहीं करनी चाहिए एवं जितनी जल्दी हो सके, माही की शादी की तारीख़ निर्धारित कर देना चाहिए।"

माधव ने हरिमोहन जी को सूचित कर दिया कि वे अगले सप्ताह रविवार को अपने बेटे माही को लेकर उनके घर आएंगे तभी माही और सुकन्या की शादी की तारीख़ भी निर्धारित करेंगे।

शाम को माही कॉलेज से लौटा और नाश्ता कर के पढ़ने बैठ गया। पढ़ते पढ़ते काफ़ी रात हो गयी। रात के १२ बज चुके थे। उसे ज़ोर से नींद भी आ रही थी अत: वह सोने के लिए अपने बिस्तर पर जा कर लेट गया और लेटते ही उसे गहरी नींद आ गई।

माही को रात में फिर से सपना आता है और सपने में इक्षाधारी नागिन दामिनी आती है जो स्त्री का रूप धारण कर के माही को कुछ याद दिलाने की कोशिश करते हुए कहती है कि हे! नागनाथ पिछले ३ जन्मों से आपसे मेरा संबंध है वही बताने की कोशिश कर रही हूँ लेकिन आपको कुछ स्मरण नहीं। मैं तीन जन्मों से आप को ढूँढने के लिए दर दर भटक रही हूँ आपको तलाश करने के लिए मैंने कितने ख़तरे मोल लिए हैं और किस तरह दिन काटे हैं वह सिर्फ़ मैं ही जानती हूँ। मुझे आशा है कि एक न एक दिन आप मुझे पहचान ही लेंगे। याद कीजिए आप मेरे पति रुद्राक्ष थे। हम दोनों हिमालय की घाटियों में विचरण करते थे। हिमालय की शांत और स्वर्ग के समान सुंदर घाटियों में हम प्रेम क्रीड़ा करते थे। आपके प्रेम को मैं कभी भी भुला

नहीं सकती हूँ। पल भर के लिए भी मैं आपसे जुदा हो जाती तो आप कितने बेचैन हो जाते थे और मुझे ढूंढते ढूंढते मेरे पास पहुँच चाहते थे। पूर्णिमा के दिन चन्द्रमा की श्वेत किरणे घाटियों को इस तरह नहला देती थी मानो हिमालय की घाटियां दूध से स्नान कर रही हो। चहुँ दिशाओं में मादकता छा जाती थी, ऐसे सुन्दर सुरम्य वातावरण में आप मंत्रमुग्ध होकर गीत गाने लगते थे, आप एक सुंदर राजकुमार का रूप धारण करते थे और मैं एक राजकुमारी का रूप धारण करती थी, हम लोग उसी गीत पर घंटो नृत्य किया करते थे, लेकिन पता नहीं हम दोनों के प्रेम को किसकी नज़र लग गयी और हम एक दूसरे से जुदा हो गए। मैं उस दिन को कभी नहीं भूल पाऊँगी जिस दिन आप मुझसे अलग हो गए थे। उस दिन से मैं अपने दिल में जुदाई की वेदना लेकर अकेले भटक रही हूँ। मैं जानती हूँ कि मैं आप को मनुष्य योनी में नहीं पा सकती लेकिन मैं आपको अपने बारे में जानकारी तो दे ही सकती हूँ मुझे इसी में आत्म संतुष्टि होगी की आपने अपनी दामिनी को पहचान लिया है। याद कीजिए कि हम चाहे कहीं भी होते किन्तु हर सोमवार बाबा नागेश्वर नाथ मंदिर में आकर उनकी आराधना अवश्य करते थे। रात में जब मंदिर बंद हो जाता था तो हम मंदिर के अंदर भोलेनाथ के शिवलिंग के पास मनुष्य के रूप में आकर घंटो उनकी पूजा किया करते थे।"

हे नागनाथ! मैंने अपने उस नियम को आज तक नहीं तोड़ा है। मैं हर सोमवार रात को मंदिर बंद हो जाने पर भोलेनाथ की आराधना करती हूँ। आपसे बिछड़े हुए मुझे तीन सौ वर्ष हो गए हैं और मैं सदैव भोलेनाथ से यही प्रार्थना करती हूँ कि अगले जन्म में आप को मेरे पति के रूप में वापस लौटा दे।"

सपने में दामिनी अपने मन की व्यथा माही को कहते हुए विलाप करने लगी। दामिनी की दर्द भरी दास्ताँ को सुनते ही माही घबरा कर जाग गया।

आँखे खुलते ही उसने देखा कि दामिनी नागिन का रूप धारण किये हुए है और उसकी चारपाई से उतर दरवाज़े से बाहर की तरफ़ चली जा रही है।

माही को सपने में दामिनी ने जो बात कही थी उसके बारे में वह सोच रहा था लेकिन उसे कुछ भी याद नहीं आ रहा था। उसे ये लग रहा था कि दामिनी ने जो कुछ भी उसे कहा है उसमें कुछ ना कुछ सच्चाई तो ज़रूर है, हो सकता है की वही उसका पूर्व ज़न्म का नागपति रुद्राक्ष हो।

झटके से उठने के कारण माही की नींद ग़ायब हो गयी थी। उसे दामिनी के दुख भरी बातों को सुनकर बहुत दुख हो रहा था तब उसने सोचा कि इस बात में अगर थोड़ी सी भी सच्चाई है तो वो दामिनी के त्याग और पतिव्रता को नमन करता है। और दामिनी के बारे में सोचते सोचते ही आँखों आँखों में वह रात कट गई।

दामिनी की बातों ने माही के मन को विचलित कर दिया था। लोगों से उसने कहानियों में इन सबके बारे में सुना था। लेकिन उसके जीवन में यही सब घटित होगा ऐसा उसने कभी सपने में भी नहीं सोचा था।

माही का उदास चेहरा देखकर माधवी समझ गयी कि माही ने ज़रूर सपना देखा होगा और सपने में वही इक्षाधारी नागिन दामिनी आयी होगी। दामिनी की बातों ने उसे उदास कर दिया है।

क्या हुआ बेटा? आज तुम सुबह से इतने उदास क्यों लग रहे हो

माँ कल रात सपने में फिर वह इक्षाधारी नागिन दामिनी आयी थी और मुझे अपने पूर्वजन्म के विषय में बतला रही थी साथ ही वह मेरे और अपने संबंधों के बारे में मुझे याद दिलाने की कोशिश कर रही थी। वो मुझे कह रही थी की मैं उसका पूर्व जन्म का पति रुद्राक्ष हूँ। मैं नहीं जानता कि इसमें कितनी सच्चाई है वह तीन सौ साल पहले मेरे और उसके संबंधों कि बात कर रही थी तब मुझे ऐसा लग रहा था कि वो सच बोल रही है। उसकी बातों को याद करके मुझे बहुत दुख हो रहा है। वह मुझे अपना पति रुद्राक्ष मानती है। वह कह रही थी की हर सोमवार मैं और वो नागेश्वरनाथ के मंदिर जाते थे और मनुष्य रूप में आकर भोले नाथ कि घंटों पूजा करते थे। मुझे इस बात का आश्चर्य हो रहा हैं कि दामिनी मेरे साथ जिन बातों का ज़िक्र कर रही थी वह सब मेरे पूर्व जन्म से सम्बंधित हैं जो की सृष्टि के रचयिता ही जानते हैं। लेकिन मुझे ये नहीं समझ में आ रहा हैं कि दामिनी ये सब मेरे साथ ही क्यों कर रही है, माँ, उसकी बातें मेरे मस्तिष्क को प्रभावित कर रही हैं।"

बेटे की बात सुनकर माधवी परेशान हो जाती है, माधवी का परेशान होना स्वाभाविक भी है। माधवी सोच में पड़ गई कि किस तरह बेटे के मस्तिष्क से दामिनी को निकाला जाये क्यों की कुछ ही दिन मे माही की शादी है। अगर उसके दिमाग़ से इन सब बातों को न निकाला गया तो ये सब बातें माही की शादी पर असर डाल सकती हैं, यही सोच कर माधवी ने माही से कहा कि बेटा हो सकता हैं दामिनी सही कह रही हो लेकिन मैंने पद्म पुराण में पड़ा है कि एक जीवात्मा 84 लाख योनियों में भटकने के पश्चात मनुष्य योनी में जन्म लेती है। उन 84 लाख योनियों में पानी के जीव जंतु नौ लाख, पेड़ पौधे 20 लाख, कीड़े मकोड़े 11 लाख, पशु 30 लाख, पक्षी 10 लाख और देवता व मनुष्य 4 लाख होते हैं।

इन सब योनीयों मे सर्वश्रेष्ठ मनुष्य योनी को माना गया है। हर जीवात्मा यही चाहती है की वह मनुष्य योनि धारण करे लेकिन ईश्वर उसके पूर्वजन्म के कर्मो के आधार पर उसका अगला जन्म निर्धारित करते हैं।

मनुष्य अपने तपोबल से मोक्ष प्राप्त कर सकते हैं और फिर उनको जीवन मरण चक्र से मुक्ति मिल जाती है। मैं एक नारी हूँ इसलिए दामिनी की व्यथा भली भाँति समझ सकती हूँ एवं वे तुम्हें अपने पति प्रेम से विवश हो पुन: नाग योनी में लाने की इच्छा बना चुकी हैं।

जहाँ तक सवाल भगवान भोलेनाथ की पूजा का है तो नाग! भगवान भोलेनाथ के बहुत बड़े भक्त होते हैं। भगवान भोलेनाथ का आशीर्वाद पाने के बाद वे इक्षाधारी बन जाते हैं और इनकी उमर हज़ारों वर्ष होती है तथा उन्हें दिव्य शक्तियां भी प्राप्त होती हैं।

इन्हीं शक्तियों का प्रयोग कर के दामिनी ने अपने पूर्व जन्म के नाग पति रूद्राक्ष को मनुष्य योनी में यानि तुम्हें खोज लिया है। तुम्हें पा कर वह व्याकुल हो गई है, इसलिए बेटा दामिनी की बातों को लेकर इतना चिंतित न हो उसकी बातों को मस्तिष्क से हटाकर पढ़ाई में ध्यान केंद्रित करने की कोशिश करो।

दामिनी अगर अब तुम्हें फिर से सपने में दिखे तो उसे समझाना कि वह भगवान भोलेनाथ से प्रार्थना कर स्वयं के लिए मनुष्य योनी में जन्म लेने का आशीर्वाद मांगे।

माँ की बात सुनकर माही को काफी मानसिक शांति का अनुभव हुआ एवं उसने सोचा कि व्यर्थ में ही वह दामिनी की बातों को लेकर चिंतित हो रहा था।

माही फिर कॉलेज जाने की तैयारी करने लगा। माही के कॉलेज जाने के पश्चात माधवी दौड़कर माधव के पास पहुँची और उससे माही की चिंता करते हुए आग्रह करने ली कि वह शीघ्र ही माही की शादी कराने का प्रयास करें। माधवी माधव को सारी बात बताती है और माधव जब पूरी बात सुनता हैं तो उसे भी यही उचित लगता हैं कि माही की जितनी जल्दी हो सके शादी करवा देनी चाहिए इसलिए वह निर्णय लेता है कि अगले दिन ही वे हरिमोहन जी के पास जाकर सुकन्या के साथ माही की शादी की तारीख़ निर्धारित करने हेतु ज़ोर देंगे।

अगले दिन माधव रामपुर गाँव के लिए निकल पड़ता है और लगभग दो घंटे का सफ़र तय करके वह हरिमोहन जी के घर पहुँचता है।

माधव को बिना किसी सूचना के यूँ अचानक आया देखकर हरिमोहन चौंकते हुए माधव से कहते हैं, अरे भाई साहब! बिना बताये! ...... क्या बात है, सब खरियत तो है?

आइये आइये! आपका स्वागत है। आइये बैठिए।

जलपान करने के पश्चात माधव हरिमोहन जी को अपने आने का प्रयोजन बताते हुए कहते हैं की भाई साहब! अब हमें किसी पुरोहित को बुलाकर सुकन्या और माही की शादी की तारीख़ निर्धारित कर लेना चाहिए। मैं चाहता हूँ कि बच्चों की शादी जल्द से जल्द हो जाए। माधव की बात सुनकर हरिमोहन कहते हैं जी भाई साहब मैं भी इसी बात के पक्ष में हूँ, अभी मैं पुरोहित को बुला लेता हूँ। वह पत्री देखकर शादी की तारीख़ निकाल लेंगे।"

थोड़ी देर में पुरोहित आ जाते हैं और वह पंचांग देखकर दो माह बाद आने वाले वैशाख मास के शुक्ल पक्ष की तृतीय तिथि को शुभ लग्न होने की बात माधव और हरीमोहन जी को बताते हैं।

माधव और हरिमोहन पुरोहित जी के बताए हुए मुहूर्त एवं तारीख़ पर सहमति व्यक्त करते हुए उस दिन को माही और सुकन्या के विवाह हेतु निर्धारित कर देते हैं। हरिमोहन कहते हैं की भाई साहब! हमें शादी की तैयारी के लिए दो माह मिल गए हैं जो हमारे लिए पर्याप्त हैं।"

माही की शादी तय होने से माधव भी बहुत खुश था। वह हरिमोहन जी से विदा ले कर अपने गाँव जाने के लिए निकल पड़ता है।

सोमवार का दिन था। शाम को माही कॉलेज से लौट रहा था। सूर्यास्त हो चुका था और हल्का हल्का अंधेरा भी छाने लगा था। अपने गाँव की तरफ़ मुड़ने वाले सड़क की और जैसे ही वो आया तो अचानक उसकी नज़र सड़क के दूसरी तरफ़ खड़ी बेहद सुंदर और आकर्षक व्यक्तित्व वाली लड़की पर पड़ी। वह सलवार सूट पहने हुए थी। वह कॉलेज की छात्रा लग रही थी। उस लड़की के समीप पहुचने पर उस लड़की ने माही को हाथ से रुकने का इशारा किया। माही नें अपनी मोटरसाइकिल उस लड़की के क़रीब जाकर रोक दी किन्तु जैसे ही उसकी दृष्टि उस सुन्दर अजनबी लड़की पर पड़ी वह आश्चर्यचकित हो गया।

नीली नीली आँखो वाली इस लड़की को देखकर उसे आभास हो गया की वह और कोई नहीं बल्कि उसके सपने में आने वाली इक्षाधारी नागिन दामिनी ही है। दामिनी आज एक कॉलेज की छात्रा के रूप में थी।

माही के पास आते ही दामिनी ने उससे पूछा "हे मेरे प्रिय नागनाथ रुद्राक्ष! क्या अपने अपनी दामिनी को पहचाना?"

हाँ! आपको देखते ही मुझे आभास हो गया था कि आप मेरे सपने में आने वाली नागिन दामिनी हो।"

माही की बात सुन कर दामिनी बहुत ख़ुश हो जाती है वह माही से कहती है कि हे प्राणनाथ रुद्राक्ष! आज आप के मुँह से मेरा नाम सुन कर मुझे इतना अच्छा लग रहा है कि मैं उसका वर्णन नहीं कर सकती। मेरा रोम रोम पुलकित हो उठा है। जिस प्रकार शांत समुद्र के जल का तीव्र वेग से चल रही वायु से स्पर्श होते ही समुद्र की लहरें ऊँची ऊँची उठने लगती हैं ठीक उसी तरह मेरा अंग अंग रोमांचित हो रहा है। हे नागदेव! हे प्राणनाथ, आज मैं आपसे एक विनती करने के लिए आपके समक्ष उपस्थित हुई हूँ।

हाँ, हाँ, कहिए क्या बात है?

तब दामिनी कहती है कि आज सोमवार है और लगभग तीन सौ साल बीत गए हैं जब आप मुझे छोड़ कर चले गए थे, तबसे मैं अकेले ही नागेश्वर नाथ के मंदिर में भोलेनाथ की पूजा कर रही हूँ। ईश्वर की कृपासे आज मेरे पति रुद्राक्ष मुझे मिल गए हैं इसलिए मैं आपसे विनती करती हूँ कि आप मेरे साथ नागेश्वर नाथ के मंदिर चलें और उनकी आराधना करे। अगर स्त्री अपने पति के साथ किसी सिद्ध जगह आराधना करती हैं तो उसे उसका फल मिलता है। क्या आप अपनी दामिनी के साथ इतना भी नहीं कर सकते। दामिनी के द्वारा भावनाओं में बहते हुए विनयपूर्वक प्रेम भरे शब्दों में भगवान नागेश्वर जी के मंदिर पर चलने के अनुरोध ने माही को भावुक कर दिया किन्तु वह उस को मना भी नहीं कर पा रहा था और बिना माँ की अनुमति के

वह दामिनी के साथ नागेश्वर मंदिर में जाना नहीं चाहता था। माही के मन में एक और भय था कि नागिन स्त्री के साथ मंदिर में जाना कहीं किसी विपत्ति को आमंत्रण देना तो नहीं होगा। लेकिन तभी उसे आभास होता है कि, नहीं! दामिनी के हृदय से निकले हुए शब्दों को अविश्वास करना किसी दुखियारी स्त्री के प्रति अन्याय करने के बराबर है। माही को उसके पूर्वजन्म की बात याद तो नहीं थी लेकिन दामिनी द्वारा व्यक्त किए हुए सारी बातें उसके अंतर्मन पर अपना प्रभाव डाल चुकी थी। अब माही दामिनी से उसके पूर्वजन्म के पति रुद्राक्ष के बारे में और अधिक जानकारी लेना चाहता था।

माही को दामिनी के बारे में और अधिक जानने की इच्छा थी इसलिए इस अवसर को वह अपने हाथ से जाने नहीं देना चाहता था क्योंकि अभी तक दामिनी उसके सपने में आती थी लेकिन आज वह साक्षात उसके सामने खड़ी है। दामिनी उसके साथ सपनों में बात करती थी लेकिन वह बेहद ही ख़ूबसूरत लड़की है और इतनी आकर्षक कि माहीं उसकी तरफ़ खिंचा जा रहा था, ऐसा लग रहा था मानो स्वर्ग से कोई अप्सरा पृथ्वी पर अवतरित हुई हो।

माही, दामिनी के साथ, नागेश्वर के मंदिर जाना चाहता था और पूजा करने के साथ साथ उसके बारे में और भी अधिक जानकारी प्राप्त कर लेना चाहता था।

माही दामिनी से कहता है कि मैंने अपनी माँ से अनुमति नहीं ली है, अगर मैं आपके साथ मंदिर गया तो मुझे घर लौटने में देर हो जाएगी, और जब माँ मुझसे पूछेगी कि मुझे इतनी देर कहाँ लग गई तो मुझे उन्हें सब सच बताना पड़ेगा जिससे माँ और भी अधिक चिंतित हो जाएगी। वह सोचेंगी कि मैं उन्हें बिना बताए मंदिर चला गया हूँ। अब आप ही बतायिए कि मैं क्या करूँ ?

दामिनी माही से कहती हैं कि हे रुद्राक्ष! आप मेरे साथ चलिए हम एक घंटे में लौट आएंगे। मैं आपके घर में काफ़ी दिनों से आ रही हूँ आपकी माँ माधवी की मेरे प्रति बहुत श्रद्धा हैं। मैं उन्हें बहुत अच्छे से जानती हूँ जब उन्हें पता चलेगा कि आप मेरे साथ मंदिर आए हैं तो वह कदापि नाराज़ नहीं होगी।"

माही भी इस अवसर को गंवाना नहीं चाहता था। वह एक कशमकश में फँस गया था। वह दामिनी के साथ जाना भी चाहता था और माँ को नाराज़ भी नहीं करना चाहता था। उसे माँ की सुबह वाली बात याद आ गयी जब उन्होंने कहा था कि अगर दामिनी फिर से उसके सपने में आए तो वह उससे कहे कि वो उसे नाग योनी में लाने की बजाय ख़ुद को मनुष्य योनी में आने के लिए भगवान भोलेनाथ की अराधना करे।

माही ने तय किया कि दामिनी के साथ नागेश्वर मंदिर जाएगा और अगर उसकी माँ ने देर होने का कारण पूछा तो वो कह देगा कि दामिनी को समझाने के लिए ही वह नागेश्वर के मंदिर गया था।

माही ने दामिनी को अपने मोटरसाइकिल के पीछे बिठाया और नागेश्वर मंदिर की तरफ चल पड़ा। लगभग बीस मिनट में वे मंदिर पहुँच गए। अंधेरा हो गया था। लोगों की भीड़ छंट गयी थी। माही और दामिनी मंदिर जाकर भगवान भोलेनाथ की आराधना करने लगे। तीन सौ वर्ष बाद अपने पति को पास में पाकर दामिनी भावुक हो गयी थी। उसके आँखो से आँसू बह रहे थे। दामिनी को पुराने दिन याद आ रहे थे जब वो रुद्राक्ष के साथ बैठकर घंटो भोलेनाथ की आराधना किया करती थी।

विधि का विधान बहुत ही सुंदर है। मनुष्य को उसके पूर्व जन्म की कोई बातें याद नहीं रहती हैं। वरना सभी अपने पूर्व जन्म के यादों को याद करते और उसको पाने के प्रयास में दुखी रहते। दामिनी का हाल कुछ ऐसा ही था, वह पूर्व जन्म के नाग पति रुद्राक्ष को मनुष्य योनि में पाकर बहुत खुश थी लेकिन वह तीन सौ साल उससे बिछड़ जाने पर तड़प रही थी।

मंदिर में दर्शन करने के बाद माही और दामिनी वहाँ से निकलते हैं, मंदिर से कुछ ही दूरी पर एक पीपल का वृक्ष हैं, दामिनी उस पीपल के वृक्ष की तरफ़ इशारा करते हुए माही से कहती है कि चलिए! उस पीपल के वृक्ष के नीचे हम थोड़ा आराम कर लेते हैं। उस वृक्ष के साथ मेरी और मेरे नाग पति रुद्राक्ष की कई यादें जुड़ी हुई हैं।

माही दामिनी के बात को मानते हुये उस पीपल के वृक्ष के नीचे बने हुए चबूतरे पर जाकर दामिनी के साथ बैठ गया।

माही जैसे ही उस वृक्ष के नीचे बैठा उससे बहुत ही आनंद की अनुभूति हुई। उसे ऐसा लगा कि मानो पहले भी वह वृक्ष के नीचे बैठता रहा हो। लेकिन सत्य तो यह था कि आज से पहले वह कभी भी इस वृक्ष के नीचे नहीं आया था। इन सब बातों ने माही को मँझधार में ला कर खड़ा कर दिया। उसे लगने लगा कि दामिनी की बातों में कहीं ना कही सच्चाई ज़रूर है।

माही को लग रहा रहा था कि ये अहसास कहीं उसके पूर्व जन्म से सम्बंधित तो नहीं। दूसरी तरफ़ दामिनी की आँखो में आँसू थे वह अपने और रुद्राक्ष के साथ बीते हुए पलों को याद कर रही थी।

तभी दामिनी माही से बोली कि यह पीपल का वृक्ष बहुत पुराना हैं। आज से तीन सौ वर्ष पहले यह क्षेत्र पूरा जंगल था और नागेश्वर का मंदिर बहुत ही छोटा था। अभी तो यह बहुत ही विशाल मंदिर बन गया है। इसका जीर्णोद्धार होते हुए मैंने अपनी आँखो से देखा है।

उन दिनो आसपास दूर दूर तक कोई आबादी नहीं थी। जंगली जानवर आसपास आते जाते रहते थे। मंदिर के सामने आप जो धर्मशाला देख रहे हैं वह मात्र दो कमरे कि थी। आज यह भव्य विशाल भवन बन चुका है।

उन दिनों रात के समय यहाँ कोई नहीं ठहरता था। मंदिर के पुजारी ही मंदिर के पास एक कमरे के घर में रहते थे और वही नागेश्वर मंदिर की सफ़ाई और देख रेख इत्यादि किया करते थे।

उन दिनों मंदिर में एक दो लोग ही दर्शन के लिए आते थे। लेकिन सोमवार के दिन यही संख्या चालीस से पचास तक हो जाती थी और शाम तक सन्नाटा छा जाता था।

उसी सन्नाटे में मैं और मेरे नागपति भोलेनाथ के दर्शन करने के लिए आते थे। उस समय इस पीपल के पेड़ के नीचे चबूतरा नहीं बना हुआ था। अब लोगों ने यहाँ चबूतरा बना दिया है। लोग इस पीपल के वृक्ष की भी पूजा करते हैं।

रुद्राक्ष और मैं भगवान भोलेनाथ का दर्शन करने के बाद यहाँ पीपल के वृक्ष के नीचे आकर विचरण करते थे। मेरे नाग पति रुद्राक्ष अपनी नागमणी निकालकर यहीं पर रखते थे। जिससे चारों तरफ़ चाँदनी की तरह उजाला छा जाता था। उसी उजाले में हम मनुष्य योनि में आकर यहाँ विचरण करते थे।

एक दिन हम वृक्ष के नीचे विचरण कर रहे थे तभी हमने मंदिर के पुजारी पंडित वीरेन्द्रनाथ को आते हुए देखा, हम घबरा गए की शायद ये हमसे नागमणि छीनने की मंशा से आ रहे हैं और हम उनपर आक्रमण भी नहीं कर सकते थे क्योंकि वे नागेश नाथ मंदिर के पुजारी थे किंतु जैसे ही वे हमारे पास पहुँचे उन्होंने हमें प्रणाम किया और कहने लगे कि हे नागदेवता! हे नागमाता! आप भगवान नागेश्वर मंदिर के पुजारी का सादर प्रणाम स्वीकार करें। मेरे धन्य भाग्य की आप लोगों के दर्शन करने का मौक़ा मिला। आप तनिक भी विचलित न हों, मैं आप की नागमणि नहीं लेने आया हूँ।

पुजारी जी हमारे सामने घुटने टेक कर बैठ गए और कहने लगे कि कई बार ऐसे अवसर आये की हम मंदिर के कपाट बंद करके चले जाते थे और कभी कभी मैं मंदिर के आस पास घूमने निकलता था तो अंदर से कुछ आवाज़ आती थी। मैंने उसे हमेशा नज़र अंदाज़ किया लेकिन आज मुझे पता चला हैं कि वे आवाजें आप लोगों की थी। आज आप के दर्शन हो गये मानो ऐसा लग रहा हैं कि स्वयं भोलेनाथ मेरे सामने हैं, आप तो उन्हीं के कंठ हार हैं। पुजारी जी के भावपूर्ण एवं आदर भाव व्यवहार से मैं और मेरे पति रुद्राक्ष द्रवित हो गए।

हम लोगों ने पुजारी जी को प्रणाम करते हुए कहा कि बाबा आज आपने हम को यहाँ पर विचरण करते हुए देख लिया है लेकिन आपसे विनती है कि आप ये बात अपने तक ही रखें और किसी से भी इस बात का ज़िक्र नहीं करें, अन्यथा लोभी तांत्रिक और सपेरे हमारे पीछे पड़ जाएंगे और वे नागमणी की लालच में हमें परेशान किया करेंगे जिसके कारण हमे भगवान नागेश्वर नाथ की पूजा करने में बाधा उत्पन्न होने लगेगी।

पुजारी विरेंद्र नाथ जी, आज जब आपने हमें देख ही लिया हैं तो हम आपको हमारा यहाँ आने का कारण भी बता देते हैं, हम हर सोमवार बाबा नागेश्वरनाथ की पूजा करने के लिए यहाँ वर्षों से आते रहे हैं। मंदिर के कपाट बंद हो जाने के बाद जो आवाज़ आपने सुनी थी वह हमारी ही थी। हाँ, आपसे विनती हैं कि सोमवार की शाम को सारे भक्त जनों के चले जाने के बाद मंदिर

का कपाट थोड़ी देर के लिए ही खुला रख दे जिससे हम दोनों वहाँ आ सके और भगवान की पूजा करने में कोई बाधा उत्पन्न ना हो। अभी तो हम भोले नाथ के शिवलिंग की निकासी स्थान की नाली के माध्यम से ही मंदिर के अंदर प्रवेश कर रहे हैं।

मेरे व् रूद्राक्ष के अनुरोध को उन्होंने मान लिया और कहने लगे कि हे नाग देवता! हे नाग माता! प्रत्येक सोमवार को रात के ८ बजे के बाद दो घंटे के लिए मंदिर का कपाट खुला रहेगा। आप लोग विधिवत भगवान नागेश्वर नाथ की पूजा कर सकते हैं। आप के चले जाने के बाद ही मंदिर का कपाट बंद किया जाएगा शायद भोलेनाथ की यही इच्छा है।

पुजारी जी ने अपना वादा निभाया प्रत्येक सोमवार को रात्रि ८बजे के बाद दो घंटे के लिए मंदिर का दरवाज़ा खुला रहता था और मैं अपने पती रुद्राक्ष के संग विधिवत भगवान भोलेनाथ की पूजा आराधना करती थी। भगवान भोलेनाथ की आराधना करने के पश्चात हम पुजारी वीरेन्द्रनाथ को प्रणाम करने के बाद ही जाते थे। उन्होंने अपने दिए गए वचन का मान रखते हुए हमारे आने की बात सदैव गोपनीय रखी अन्यथा तांत्रिक और सपेरे नागमणी की लालच मे हमारे पीछे पड़ जाते।

ये परंपरा आज तक चल रही है मंदिर में चाहे जितनी भी भीड़ हो रात के ८ बजे पूरा मंदिर ख़ाली करवा दिया जाता है उसके पश्चात दो घंटे तक मंदिर का दरवाज़ा खुला रहता है और उस दो घंटे में किसी का भी मंदिर में प्रवेश करना वर्जित है।

गांवों के लोग बहुत सीधे और सरल होते हैं, सो उनमें यह बात प्रचलित हो गई है कि दो घंटे में मंदिर में न जाने की गोपनीयता को यदि कोई पता करने की कोशिश भी करेगा तो वह भोलेनाथ के भयंकर प्रकोप का भागीदार बनेगा।

लोगों को आज तक ये सच्चाई नहीं मालूम हैं कि मंदिर में ८ बजे के बाद दो घंटे मंदिर के कपाट क्यों खुले रहते हैं, लेकिन मैंने आप को इस बात की वास्तविकता बता दी है।

मेरे नाग पति रुद्राक्ष की मृत्यु के पश्चात मैं अकेले ही भोलेनाथ की आराधना करके चली जाती हूँ। आज नागेश्वर नाथ की असीम कृपा मुझ पर हुई है कि मेरे नागपति रुद्राक्ष की आत्मा धारण करने वाले स्वयं आप मेरे साथ भगवान नागेश्वर नाथ के मंदिर में पधारे हैं।

दामिनी ने गहरी सांस ली और माही को बोलने लगी सब कुछ अच्छा ही जा रहा था। चार पाँच साल बाद ऐसा कुछ हुआ कि मेरा और मेरे पति रुद्राक्ष का अंतर्मन सिहर उठा। मुझे आज भी वह दिन याद हैं सावन का महीना था कृष्ण पक्ष की अष्टमी का दिन था। सम्भवत: वह मंगलवार का दिन था क्यूँकि एक दिन पहले ही मैं और रुद्राक्ष भोलेनाथ का दर्शन करने के लिए मंदिर गए हुए थे। पूजा करने के बाद हम पंडित विरेंद्र नाथ को प्रणाम करके चले गए थे।

हिमालय की घाटियों में कब बादल घिर जाये, कब वर्षा प्रारंभ हो जाये इसका कोई निश्चित नहीं होता, वर्षा ऋतु में मूसलाधार बारिश होती है। उस मनहूस दिन भी बहुत ज़ोर से बारिश हो

रही थी। काले बादल छाए हुए थे। लोग अपने घरों में ही थे। रक्षाबंधन का त्योहार आने वाला था। इसलिए बाबा विरेंद्र नाथ की बहन उनके घर आयी हुई थी।

पीपल के वृक्ष के आसपास काफ़ी अंधेरा था। आजकल तो काफ़ी प्रकाश की व्यवस्था है किन्तु उस समय प्रकाश की कोई व्यवस्था नहीं थी। सूर्यास्त के बाद वो क्षेत्र पूरा घने अन्धकार में डूब जाता था। आसपास खड़े लोग भी दिखते नहीं थे। दिये जलाकर रोशनी कर दी जाती थी। पंडित विरेंद्र नाथ भी दिया जलाकर मंदिर का कपाट बंद कर अपने आवास में चले जाते थे। उस दिन भी पंडित जी दिया जलाकर मंदिर के कपाट बंद कर अपने घर की तरफ़ जाने के लिए निकले थे। घनघोर वर्षा तो हो ही रही थी। तेज बिजली भी चमक रही थी। कुछ अनिष्ट होने का संकेत मिल रहा था। मंदिर से उनके घर तक जाने के रास्ते में एक दुष्ट नाग विचरण कर रहा था।

घने अंधेरे के कारण बाबा विरेंद्र नाथ उस काले नाग को देख नहीं पाए एवं जब वह उस काले नाग के पास से गुज़रे तो उस काले विषैले नाग ने उनको अकारण ही डस लिया। वह लोगों को बुलाते इससे पहले ही उनके शरीर में विष फैल गया और वे हम सब लोगों को छोड़ कर अकाल मृत्यु को प्राप्त हुए। बारिश ने अपना प्रचंड रूप धारण कर लिया था। मानो इंद्र देव भी उनकी मौत से बहुत दुखी थे। भगवान भोलेनाथ के भक्त बाबा विरेंद्र नाथ की मृत्यु की ख़बर चारों दिशाओं में फैल गई। सभी लोगों के दिल में उनके लिए श्रद्धाभाव थे इसलिए जिन्होंने भी उनके बारे में सुना वही उनको श्रद्धांजलि देने के लिए आने लगे। दूसरे दिन सायंकाल उनका अंतिम संस्कार कर दिया गया।

मंदिर के पास ही उनकी समाधि बना दी गई थी। आज भी लोग नागेश्वर मंदिर में दर्शन करने के बाद उनकी समाधि पर पुष्पांजली अर्पित करते हैं।

दामिनी माही को इशारा करते हुए कहने लगी, मंदिर के दायीं तरफ़ ये जो समाधि है वह बाबा विरेंद्र नाथ की ही है।

मुझे और रुद्राक्ष को जब उनकी मृत्यु की बात का पता चला तो हम तो जैसे टूट गए, वे बड़े ही परोपकारी मृदुभाषी एवं संत व्यक्ति थे। उन्होंने कभी भी किसी के साथ कठोर भाषा में बात नहीं थी न ही उनको कभी भी किसी ने क्रोधित होते देखा था। धरती पर मनुष्य के रूप में अगर कोई शुभ चिंतक था हमारा तो वे बाबा वीरेन्द्रनाथ जी ही थे। उनकी मृत्यु ने हमारे हृदय को बहुत गहरी चोट पहुँचाई थी।

हमें इस बात का बहुत दु:ख और पश्चात्ताप हो रहा था की अगर समय रहते हमें पता चल जाता की उनको विषैले नाग ने डसा हैं तो हम वहाँ पहुँच जाते और उस सर्प के विष को निष्प्रभावित् कर देते और इस तरह उनकी जान बचा लेते लेकिन विधि के विधान को कौन टाल सकता है?

दामिनी की बात को बीच में काटते हुए माही ने सहज जिज्ञासा वश प्रश्न किया कि क्या ये संभव हैं कि अगर किसी को एक साँप ने काटा हो तो दूसरा साँप उसके विष को निष्प्रभावित् कर सकता है।

दामिनी माही के प्रश्न का उत्तर देते हुए कहती है, हाँ! ये संभव है किंतु ये वही सर्प कर सकता हैं जिसका विष काटने वाले सर्प से अधिक शक्तिशाली हो। हम लोग इक्षाधारी नाग हैं इसलिए हमारे विश ग्रंथियो में विष की मात्रा अधिक होती है और हमारा विष साधारण सर्पो के विष से अधिक शक्तिशाली होता है।

अब आपने जब पूछ ही लिया हैं तो मैं आपको एक घटना बताती हूँ जिसमें मेरे पति रूद्राक्ष ने एक ऋषि को सर्प दंश के बाद उसके विष को निष्क्रिय कर दिया था। और वह जीवित हो गए थे।

यह घटना लगभग चार सौ साल पूर्व की है। मैं अपने पति रुद्राक्ष के साथ हिमालय की घाटियों में विचरण कर रही थी। उन दुर्जन और निर्जन घाटियों में किसी भी मनुष्य के होने की सम्भावना नहीं होती थी, लेकिन अनेक ऋषि सांसारिकता एवं मोह माया त्यागकर इन्ही घाटियों में आकर कुटिया बनकर ईश्वर की तपस्या और आराधना करते थे। यद्यपि इनकी संख्या नगण्य ही होती थी यजा भी वे ऐसी जगह रहते थे जहां लोग उन्हें नहीं देख सकते थे।

हम लोग घाटी में निश्चिंत हो कर विचरण कर रहे थे अचानक एक स्त्री के विलाप करने की ध्वनि सुनायी पड़ी। मुझे बहुत आश्चर्य हुआ कि इस निर्जन क्षेत्र में स्त्री के रोने की आवाज़ कहां से आ रही है, मैं और रुद्राक्ष उस आवाज़ के स्रोत को जानने के लिए उस तरफ़ बढे।

थोड़ी दूर जाने पर हमें एक कुटिया दिखी। हम लोग उस कुटिया के पास पहुँचे तो हम ने देखा की एक ऋषि स्त्री अपने पति के शव के पास बैठकर विलाप कर रही थीं, उनके करुण कृन्दन को सुन कर मेरा मन बहुत दु:खी हुआ। मैंने अपने पति रुद्राक्ष से आग्रह किया कि हमें चल कर ऋषि पत्नी की सहायता करनी चाहिए।

हमने तुरंत मनुष्य रूप धारण कर ऋषि पत्नी के पास जाकर उनसे विलाप करने का कारण पूछा। हमने ऋषि को शांत मुद्रा में लेटे हुए देखा तो हमें आभास हुआ की ऋषि की मृत्यु हो जाने के पश्चात ऋषि पत्नी दुखी होकर विलाप कर रही हैं। निर्जन घाटी में ऋषि पत्नी को हमें देख कर आश्चर्य हुआ था।

दुखी मन से ऋषि पत्नी ने हमसे कहा कि हे सज्जन युगल, आप लोग कौन हैं? और इस निर्जन स्थान पर कैसे पहुँचे हैं? संभवत: भोलेनाथ ने ही आप लोगों को हमारी सहायता के लिए भेजा है। मेरा नाम सुलोचना है और यह भूमि पर लेटे हुए मेरे पति विश्वनाथ हैं।

हम लोग वर्षो से कुटिया बनाकर यही निवास कर रहे हैं और ईश्वर की आराधना में लीनन रहते हैं आज प्रात: काल ब्रह्म मुहूर्त में मेरे पति स्नान कर घर लौट रहे थे कि मार्ग में एक दुष्ट काले नाग पर इनका पैर पड़ गया और तुरंत ही उस काले नाग ने मेरे पति को डस लिया। ये

मूर्छित होकर पृथ्वी पर लेटे हुए हैं। मेरी विवशता ये है की मैं कुछ भी नहीं कर सकती। पति के बिना मैं अनाथ हो गयी हूँ। अब मैं भी अपने प्राण त्याग दूंगी। उनसे इतना सुन कर मुझे और मेरे पति को हार्दिक कष्ट हुआ।

मेरे पति रुद्राक्ष ने उनसे कहा हे माता! आप चिंता मत कीजिए मैं अभी इनके विष को निष्प्रभावित् कर दूँगा। ये पुन: जीवित हो जाएंगे। इतना कहने के बाद मेरे पति रुद्राक्ष ने उनके पैर में काटे गए स्थान से विष को अपने अंदर खींच लिया। विष का प्रभाव ख़त्म होते ही ऋषि विश्वनाथ उठ कर बैठ गए। ऋषि विश्वनाथ के उठकर बैठने पर ऋषि माता सुलोचना का विलाप बंद हो गया एवं वे प्रसन्न भाव से हम दोनों को आशीर्वाद देने लगी वे बोलीं हे, मानव श्रेष्ठ! आप कोई साधारण मानव नहीं हैं! ज़रूर भोलेनाथ ने ही आपको हमारी रक्षा करने के लिए भेजा है। कृपया अपना पूरा परिचय दें।

ऋषि विश्वनाथ की चेतना वापस आ गई थी। जैसे ही उन्होंने हमें देखा वे हाथ जोड़कर हमारे सामने बैठ गए और कहने लगे हे नाग देवता! हे नाग देवी! आप भगवान भोलेनाथ के बहुत बड़े भक्त हैं। आपने भगवान भोलेनाथ के आशीर्वाद से ही हमारी रक्षा की है अत: हम आप के प्रति अपनी कृतज्ञता व्यक्त करते हैं। ऋषि विश्वनाथ ने अपने तपोबल की शक्ति के कारण हमें पहचान लिया था। हमारा परिचय सुनकर ऋषि माता अत्यंत प्रसन्न हुई। ऋषि विश्वनाथ तुरंत वहाँ से उठकर अपनी कुटिया के अंदर चले गए। थोड़ी देर बाद वे अपनी कुटिया से बाहर निकले तो उनके हाथ में सोने की हीरा जड़ित अंगूठी थी। ऋषि विश्वनाथ ने उस अंगूठी को मेरे पति रुद्राक्ष के हाथ में देते हुए कहा कि हे नाग देवता अपार शक्ति को धारण करने वाली अभिमंत्रित इस अंगूठी को आप रख लीजिए। आप अपने मन में तनिक भी ये विचार मत लाइयेगा कि मैं आपको मेरी प्राणों की रक्षा करने के बदले में कोई पारिश्रमिक दे रहा हूँ।

आप एक इक्षाधारी नाग हैं। इसलिए निसंदेह आपके पास नागमणी भी होगी। मैं इस बात से पूर्णतय अवगत हूँ कि यहाँ नागमणी के लालच में कई तांत्रिक और सँपेरे घूमते रहते हैं। जब भी आप अपने नागमणी को बाहर निकालकर मनुष्य रूप धारण करेंगे तब यह अंगूठी धारण कर लीजिएगा। वेद मंत्र से सिद्ध की गई इस अंगूठी में इतनी शक्ति है कि जब आप इस अंगूठी को धारण करेंगे तो किसी भी तांत्रिक की तांत्रिक विद्या आपके ऊपर निष्क्रिय हो जाएगी। इस प्रकार आप अपने शतुओं पर विजय प्राप्त कर लेंगे। लेकिन आप मेरी एक बात को ध्यान में रखियेगा कि आप जब भी मनुष्य रुप धारण करे तत्काल ही इस अंगूठी को अपनी तर्जनी में पहन लीजिएगा।"

दामिनी के द्वारा बताए गए बातों से माही को उसके प्रश्नों का उत्तर मिल गया था।

दामिनी ने माही को आगे की कहानी बतानी शुरू की उसने कहा कि बाबा विश्वनाथ की मृत्यु के पश्चात मेरे पति रुद्राक्ष बहुत क्रोधित हो गए। उन्होंने मुझसे कहा कि, दामिनी हम उस दुष्ट नाग को ढूँढकर अवश्य ही उसे दंडित करेंगे।

हम दोनों ने अपनी आंतरिक शक्ति का प्रयोग कर के उस नाग का पता लगा लिया, वह नाग यहाँ से थोड़ी दूरी पर पहाड़ की एक छोटी सी गुफा में रहता था।

हम लोग उसे ढूंढते हुए उस गुफा तक पहुँच गए किन्तु उस दुष्ट नाग को जब हमारे आने की आहट मिली वह नाग अपनी गुफा से निकल कर तेज़ रफ़्तार से भाग निकलने का प्रयास करने लगा लेकिन उसकी युक्ति काम नहीं आयी।

मेरे नागपति रुद्राक्ष ने मनुष्य रूप धारण कर उसे पकड़ लिया और उसे डांटने लगे, रे दुष्ट! पापी ! तुझे ज़रा सी भी लज्जा और दया नहीं आयी तूने एक भले आदमी को डस लिया। तुझे इसकी सजा ज़रूर मिलेगी।"

रुद्राक्ष ने उसे सजा देते हुए मौत के घाट उतार दिया था।

बाद में, हम लोग बाबा वीरेन्द्रनाथ की मृत्यु के पश्चात जब सोमवार को मंदिर जाते थे तो भगवान भोलेनाथ की आराधना करने के पश्चात लौटते वक्त हम बाबा विरेंद्र नाथ की समाधि पर श्रद्धा के फूल अवश्य अर्पित करते थे।"

माही दामिनी की कहानी बड़े ही ध्यान से सुन रहा था, एवं कहानी जैसे जैसे आगे बढ़ रही थी माही की जिज्ञासा वैसे वैसे बढ़ती चली जा रही थी।

काफ़ी समय बीत गया था अचानक से माही के ध्यान में आया की रात काफ़ी गहरी होती चली जा रही है उसे अपने घर की याद आने लगी। उसे लगा कि काफ़ी देर हो गई है माँ बाबा ज़रूर परेशान हो रहे होंगे। संभवत: उसे इधर उधर ढूँढ भी रहे हों।

इधर दामिनी की कहानी ख़त्म होने का नाम ही नहीं ले रही थी एक कड़ी के बाद दूसरी कड़ी जुड़ती जा रही थी। दामिनी ने माही से कहा की अब मैं आपको आपके पूर्व के दो जन्मो की कहानी बताने जा रही हूँ। कितनी कठिनायी के पश्चात मैंने आपको पाया है।

दामिनी की उत्कण्ठा बढ़ गई थी वह माही को सारी बातें कह लेना चाहती थी। माही ने सोचा कि अगर दामिनी ने कहानी शुरू कर दी तो काफ़ी समय व्यतीत हो जाएगा और देर होने के कारण उसकी माँ पिता बहुत परेशान हो जाएँगे। माही ने दामिनी की बात को बीच में ही काट ते हुए कहा दामिनी, बहुत देर हो गयी है, ज़्यादा देर हो जाएगी तो मेरे माता पिता बहुत परेशान हो जाएंगे।

आपकी बाक़ी चर्चाएँ किसी दूसरे दिन होगी लेकिन मैं आपसे एक बात कहना चाहता हूँ जो कि मेरी माँ ने आपसे कहने को कहा था कि दामिनी अगर सपने में आए तो ये बात कहूँ।"

दामिनी ने चौंकाते हुए माही से ही पूछा कि क्या बात है।"

माही ने कहा कि आप मुझे अपने पूर्व जन्म का नाग पति मानती हैं तो मुझे विश्वास हैं कि आप मेरा भला ही चाहेंगी।"

दामिनी कहती हैं हे नागनाथ! मैं तो सपने में भी आपका बुरा नहीं सोच सकती। जो पत्नी अपने पति की तलाश में सैकड़ों वर्षों से दर दर भटक रही है वह भला अपने पति का अहित क्यों चाहेगी।"

दामिनी, मेरी बात ध्यान से सुनना माँ ने बताया है जीवात्मा चौरासी लाख योनियों में भ्रमण करने के बाद मनुष्य योनि में जीवन पाती है। मैं नाग से पुनः मनुष्य योनी में आ गया हूँ और आप मुझे फिर से नाग योनि में पाने का प्रयास कर रही हैं। इससे तो मेरा अहित होगा।"

माही ने दामिनी को समझाते हुए कहा कि माँ ने मुझे बताया कि अगर दामिनी मुझे मेरे सपने में दिखायी दे तो उसे कहना की वह मुझे नाग योनि में लाने की बजाय स्वयं को मनुष्य योनि में जन्म लेने के लिए भगवान भोलेनाथ की आराधना करे।"

माही की बात सुनकर दामिनी आश्चर्य चकित हो गयी उसने कहा की हे भोलेनाथ! अज्ञानता में मुझसे कितनी बड़ी गलती होने जा रही थी। मैं अपने पति को पाने के स्वार्थ से उनके ही विरुद्ध कामना कर रही थी।"

हे भोलेनाथ! अज्ञानतावश मैं अपने पति को मनुष्य योनि से पुनः नाग योनि में लाने की कामना कर रही थी। अब मेरी आँखे खुल गयी हैं। मेरी गलती के लिए मुझे माफ़ कर दीजिए।"

दामिनी माही से कहती हैं मनुष्य की विवेक,विद्वता और ज्ञान का प्रमाण इससे ही मिलता हैं कि माधवी मुझसे कितनी छोटी हैं लेकिन उसे शास्त्र पुराणों का कितना अच्छा ज्ञान हैं? इन्हीं सब कारणों से मनुष्य योनी को सर्वश्रेष्ठ माना गया हैं।"

दामिनी ने माही से कहा कि हे मेरे नागदेवता! अब मैं ऐसी गलती फिर से नहीं करुँगी। आप मनुष्य योनी में अवश्य गए हैं किन्तु आपकी आत्मा मेरे रुद्राक्ष की है। मुझे इसी में अपार सन्तोष है।"

माही दामिनी से कहता हैं कि बहुत देर हो गई, अब हमें चलना चाहिए। बताइए मैं आपको कहाँ छोड़ दूँ?"

दामिनी माही से कहती है कि आप ने जिस जगह से मुझे लिया था बस वहीं पर मुझे छोड़ दीजिएगा।

माही ने अपनी मोटरसाइकल स्टार्ट की और दामिनी उसके पीछे बैठ गयी। वह दोनों जैसे ही चलने के लिए तैयार हुए अचानक से एक आश्चर्य चकित घटना घटित हुई। उन दोनों के कानों में एक आवाज़ गूंजने लगी - रुक जाओ! रुक जाओ! पल भर के लिए रुक जाओ।

अपरिचित आवाज़ सुनते ही माही ने अपनी मोटरसाइकल बंद कर दी। दामिनी भी नीचे उतर गई थी। काफ़ी रात हो चुकी थी चारों तरफ़ अन्धेरा था। उन्होंने चारों तरफ़ देखा और ढूंढने की कोशिश की कि आवाज़ कहाँ से आ रही हैं लेकिन उन्हें इधर उधर कोई नहीं दिखा,

अँधेरे में कुछ भी नज़र नहीं आया। उन दोनों को ही मन में किसी विपत्ति का आभास होने लगा था

माही को अपने से अधिक दामिनी की चिंता होने लगी थी क्योंकि वह नागमणि धारण किए हुए एक इक्षाधारी नागिन थी। इसलिए उसे चिंता थी की नागमणि के लालच में किसी तांत्रिक द्वारा दामिनी पर हमला न हो जाए।

पीपल के वृक्ष के नीचे एक बल्ब लगा हुआ था उसी से थोड़ी बहुत रोशनी आ रही थी। मौसम एकदम शांत हो चुका था फिर भी उन्होंने देखा कि पीपल के पेड़ के पत्ते हिल रहे हैं ऐसा लग रहा था मानो जैसे उसी वृक्ष में हवा का तेज बवंडर आ गया हैं और इसी लिए पेड़ के सारे पत्ते हिल रहे हैं।

आसपास कई और वृक्ष थे लेकिन कहीं और हलचल नहीं हो रही थी। दामिनी और माही ने जब पीपल की वृक्ष की ओर देखा तो वे आश्चर्यचकित हो गए कि सिर्फ़ उस वृक्ष की पत्तियाँ क्यूँ हिल रही हैं? अचानक उन्हें पेड़ पर एक साया नज़र आया। उन्होंने देखा कि पीपल के पेड़ से एक साया उतर रहा था। पलक झपकते ही वह साया उनके सामने आकर खड़ा हो गया।

सामान्य क़द काठी वाले उस आदमी की सफ़ेद ढाढ़ी थी सिर में लम्बी लम्बी जटाए दूध की तरह सफ़ेद थी। चेहरे में इतना तेज था मानो चमकता हुआ सोना। वह आदमी श्वेत रंग कि पोशाक पहने हुए था एवं प्रथम दृष्टया तपस्वी प्रतीत होता था। पीपल के वृक्ष से उस आदमी उतारते देखकर माही के रोंगटे खड़े हो गए। वह बहुत भयभीत हो गया। भय के कारण उसके ह्रदय की गति तीव्र हो हो गयी थी। शरीर में कंपकंपी छूट रही थी। घबराहट के मारे वह पसीना पसीना हो रहा था। दामिनी भी अचंभित होकर उस व्यक्ति को निहार रही थी।

दामिनी को लग रहा था कि उस व्यक्ति को उसने कहीं देखा है इसलिए वह भयभीत तो नहीं हुई थी बल्कि याद करने की कोशिश कर रही थी की उस ने उस व्यक्ति को कहां देखा हैं?

माही को डरा हुआ देख उस व्यक्ति ने कहा कि मुझसे डरने की कोई बात नहीं है। आप शांत रहे, तनिक भी ना डरे। मैं लोगो की हमेशा सेवा करता आ रहा हूँ। मैं इस वृक्ष पर तीन सौ वर्ष से रह रहा हूँ, अनेक श्रधालु बाबा नागेश्वर नाथ के दर्शन के बाद इस पेड़ के नीचे आते हैं श्रद्धा भाव से पूजा करते हैं। मैंने सबकी मंगल कामना की हैं। मेरे सभी कार्य लोक कल्याण के लिए ही होते हैं।

लोग मेरी उपस्तिथि का अहसास करते आए हैं लेकिन आजतक किसी ने मुझे सशरीर नहीं देखा। सब लोग मानते हैं कि इस वृक्ष में ब्रह्म देव वास करते हैं।

आप लोग काफ़ी देर से वृक्ष के नीचे बैठकर बातें कर रहे थे। मैं ने आपकी सारी बातें सुनी। इसलिए आपको मुझसे डरने की कोई आवश्यकता नहीं हैं।”

वह व्यक्ति दामिनी के सामने आकर हाथ जोड़कर खड़ा हो जाता हैं और उनसे कहने लगता हैं हे नागमाता! आपको पुजारी विरेंद्र नाथ का सादर प्रणाम।

कदाचित! आप मुझे पहचान नहीं पायी होंगी। आपने भी कभी सोचा ना होगा कि इस तरह मैं तीन सौ साल पश्चात आपके सामने उपस्तिथ हो जाऊंगा। मेरी मृत्यु तो तीन सौ साल पहले ही हो गयी थी किन्तु अकाल मृत्यु के कारण मेरी आत्मा ने ब्रह्म रूप में इस वृक्ष पर निवास स्थान बना लिया

मैं आपके प्रति कृतज्ञ हूँ कि आपके दिल में मेरे प्रति इतना सम्मान है।

आज मुझे ज्ञात हुआ कि मेरी मृत्यु के पश्चात आपलोग कितना दुखी हुए थे और आपने उस दुष्ट नाग को भी दंडित किया था।"

पुजारी वीरेंद्र नाथ की आत्मा को ब्रह्म रूप में देखकर दामिनी आश्चर्य चकित हो गयी और उसे अपने पूर्व दिनो की यादें ताज़ा होने लगी थी अपने नागपति रुद्राक्ष की स्मृतियाँ भी उसके मन मस्तिष्क में उभर रहीं थी और वह भावुक हो चली थी उसकी आँखे नम हो गयी थी। अपनी नम आँखो से दामिनी ने हाथ जोड़ कर ब्रम्हदेव से कहा कि हे ब्रह्मदेव! आपको दुखिहारी दामिनी का सादर प्रणाम।

आपको इस तरह सामने देखकर मुझे कितनी प्रसन्नता हो रही है, मैं आपको शब्दों में बयान नहीं कर सकती। सालो बाद मुझे ऐसा अहसास हो रहा है कि मेरा खोया हुआ शुभचिंतक मुझे वापस मिल गया है, आप तो मेरे और मेरे पति रुद्राक्ष के पवित्र प्रेम के साक्षी हैं। बस अब तो मेरी यही अभिलाषा हैं कि आपकी कृपा हम पर सदैव बनी रहे।

हे माता! आपको ये कहने की आवश्यकता नहीं है, आपको शायद ज्ञात नहीं की मेरी आत्मा आप के पास सदैव बनी रहती है।

मैंने शपथ ली थी की हमेशा सूक्ष्म रूप में इस पीपल के वृक्ष में निवास करता रहूँगा। किसी को भी सशरीर नहीं दिखूँगा। लेकिन आप के लिए मैंने इस शपथ को तोड़ दिया है। मुझे आप को ख़तरे से सावधान करना है।

जब माही ने आपसे पूछा था कि वह आपको कहाँ छोड़ दे, तब आपने कहा की आप को वहीं पर छोड़ दे जहाँ से उसने आप को मोटरसाइकल पर बिठाया था किन्तु इस समय आपका वहाँ जाना ख़तरे से ख़ाली नहीं होगा। आपकी नागमणि पाने के लिए कई तांत्रिक आपके उपर नज़र रखे हुए हैं। वे आपका अहित करने के लिए आपके आस पास घूम रहे हैं, और गाँव वाले इसी लिए उनको देखते ही उनके पीछे पड़ जाते हैं और उन को भगाकर ही छोड़ते हैं लेकिन अभी काफ़ी रात हो चुकी है और सभी गाँव वाले इस समय अपने घरों में होंगे इसलिए आप के ऊपर वे तांत्रिक छुपकर हमला कर सकते हैं, वे तांत्रिक जानते हैं कि आप माधव के घर आती जाती रहती हैं, यह बात चारों दिशाओं में फैल चुकी है कि आपके पति रूद्राक्ष का जन्म माधव के घर

में माही के रूप में हुआ है और माही के साथ जब आप वहाँ पहुचेंगी तो उन को समझने में ज़्यादा देर नहीं लगेगी की आप कौन हैं? वे अपनी तंत्र विद्या से आपको पहचान लेंगे।

मैं आप को परामर्श देता हूँ की आप उसी मार्ग से अपने निवास स्थान के लिए प्रस्थान करें जिस मार्ग से मंदिर में पूजा और आराधना करने के लिए आती हैं और पुन: उसी मार्ग से लौट जाती हैं। मंदिर से लेकर आपके निवास स्थान के मार्ग को मैंने देखा है। आज मैं आपको एक और सत्य बतलाना चाहता हूँ।

मेरी मृत्यु के पश्चात जब तक नागदेव रुद्राक्ष जीवित थे, आप और नागदेव प्रत्येक सोमवार को मंदिर की पूजा आराधना के पश्चात अपने निवास स्थान को प्रस्थान से पूर्व मेरे घर की तरफ़ आते थे और प्रणाम करने के पश्चात ही जाते थे।

आप दोनो के प्रेम को देखकर मैं द्रवित होता था। मैंने भी संकल्प ले लिया था कि आप दोनो को इन दुष्ट तंत्रिको से बचाने के लिए सदैव तत्पर रहूँगा।

आप दोनो को ज़रा सा भी भान नहीं होता था की मेरा सूक्ष्म रूप आप दोनो के पीछे पीछे आपके निवास स्थान तक जाता था। इन हिमालय की घाटियों में उस रमणीक स्थान को मैंने देखा है जहां आप और नागदेव चट्टानो के बीच गुफा में निवास स्थान बनाए हुए थे। आपके निवास स्थान के पास की घाटी इतनी सुंदर है की उसे देख ऐसा लगता है मानो वह जगह पृथ्वी पर नहीं स्वर्ग का ही कोई हिस्सा हो इसलिए जब भी मैं सूक्ष्म रूप में आपके पीछे पीछे जाता था तब उस रमणीक जगह पर मैं घंटो तपस्या किया करता था।

नागदेव रुद्राक्ष की मृत्यु के पश्चात मेरी नैतिक ज़िम्मेदारी हो गयी थी कि मैं आपको हर आसन्न ख़तरे से बचाऊँ।

दयालु स्वभाव के कारण आपसे एक भूल हो गयी थी। जब काली सँपेरे ने आप के ऊपर नागमणी की लालच में हमला किया था और आपने उसको मृत्यु दंड दे दिया था लेकिन आपने उसके शिष्यों और साथियों को छोड़ दिया था। उनको जीवन दान देकर आपने बड़ी भूल कर दी थी। वही सँपेरे तांत्रिक विद्या हासिल कर नागमणी पाने हेतु प्रयत्नशील हैं क्यूँकि जब उस दुष्ट सँपेरे काली ने आप पर हमला किया था तब मैं सूक्ष्म रूप में वहीं मौजूद था इसलिए मैं आपको यह सत्य बता रहा हूँ।

बाबा विरेंद्र नाथ की आत्मा दामिनी से आगे कहती है कि काली अपने गुरुदेव की तांत्रिक विद्या को सिद्धि करके बहुत शक्तिशाली हो गया था और उन्ही शक्तियों का प्रयोग करके उसने आप के ऊपर हमला किया था। हे नाग माता! आपको शायद याद होगा कि जब काली आपके ऊपर अपनी तांत्रिक शक्तियों का प्रयोग कर रहा था तो आप कुछ समय के लिए मूर्छित हो गयी थी। काली अपने प्रयोग में सफल भी हो गया था। वह आपकी नागमणी को पाने के काफ़ी क़रीब पहुँच चुका था लेकिन मैंने समय रहते अपने सिद्ध मंत्रो का पाठ उसकी तरफ़ कर दिया। जिसके

कारण नागमणी को घेर एक गोलाकार में तीव्र अग्नि प्रज्वलित हो गयी। उस अग्नि की ताप से काली सपेरा अपनी जान बचाकर भागने लगा था और आपके मूर्छित होने का लाभ उठाकर नागमणि को प्राप्त करने कि उसकी इच्छा वहीं समाप्त हो गई। मेरे द्वारा शक्ति मंत्रो का प्रयोग करने से उसकी सारी तांत्रिक शक्तियाँ विफल हो गयी थीं। वह शक्तिहीन हो चुका था और उसी समय मैं अपनी सिद्ध मंत्रों द्वारा आपकी चेतना को वापस ले आया।

शास्त्रों में लिखा है कि अगर किसी सिद्धि से प्राप्त शक्तियाँ या तंत्र मंत्र की शक्तियों को मानव कल्याण के विरुद्ध व्यक्तिगत स्वार्थ के लिए प्रयोग किया जाता हैं तो वे शक्तियाँ विफल हो जाती हैं।

वह पापी काली तांत्रिक अपनी शक्तियों का दुरुपयोग कर नागमणी को प्राप्त करना चाहता था और अन्याय के रास्ते पे चलकर और लालच के वशीभूत होकर अपनी शक्तियां आपके ऊपर प्रयोग कर रहा था उसके इरादे अच्छे नहीं थे उसी कारण उसकी शक्तियाँ कमज़ोर पड़ गयी थी और मेरे सिद्ध मंत्रों के सामने वह परास्त हो गया। इस तरह आपकी और नागमणी की रक्षा हो पायी थी।" शायद आपको इस बात की जानकारी भी नहीं होगी की आप अचानक मूर्छित अवस्था से वापस आने पर इतनी शक्तिशाली कैसे हो गईं थी कि उसके बाद आप ने उस लालची सँपेरे को मौत की नींद सुला दिया था, यदि मैं उस समय आपके पास नहीं होता तो अनर्थ हो जाता, वह काली सपेरा आप को मारकर नागमणि ले जाने में सफल हो जाता।

दामिनी बड़े ही ध्यान से बाबा वीरेंद्र नाथ की बातें सुन रही थी। बाबा वीरेंद्र नाथ की आत्मा ने अल्प विराम के पश्चात पुन: बोलना आरम्भ किया, "हे माता! मैं उस मनहूस काली रात को कभी नहीं भूल सकता जब नागदेवता रुद्राक्ष की मृत्यु हुयी थी। मैं उस दु:खद घटना के हर एक पल का साक्षी हूँ उस दृश्य को देखकर मेरा दिल छलनी हो गया था। ऐसा एहसास हो रहा था मानो हिमालय की घाटियाँ भी गहरी वेदना के साथ शोक मना रही थी, देवदार के घने जंगल के सारे वृक्षों में जैसे उदासी छा गई थी, वातावरण में सन्नाटा छा गया था।

पुरातन काल से ही हिमाँचल प्रदेश की यह पवित्र भूमि 'देव भूमि' के नाम से चारों दिशाओं में विख्यात है जिसे देखने के लिए दूर दूर से पर्यटकों का आवागमन सदैव बना रहता था। उन दिनो यहाँ राजपूत राजाओं का शासन था।

तात्कालिक शासक बड़े ही न्यायप्रिय और प्रजापालक थे। वे राज धर्म के पालन करने से कभी विमुख नहीं होते थे। प्रजा के लिए राजमहल का द्वार हमेशा खुला रहता था। प्रजाजन राजा के सामने अपनी समस्यायों को बिना किसी रोक टोक के रख सकते थे। राजा को पापी और अधर्मी व्यक्तियों की शिकायत मिलते ही राजा कठोर दंड देने के लिए राज्य से निष्कासित कर देते थे। उन दिनों इस राज्य में गोरखनाथ नामक एक प्रसिद्ध तांत्रिक रहता था। लोग उसकी तंत्र विद्या का लोहा मानते थे एक कुशल तांत्रिक के रूप में वह पूरे राज्य में मशहूर था। कई दुष्ट आत्माओं को उसने अपने वश में कर रखा था। उन्ही आत्माओं के द्वारा वह अपनी सिद्धियां

करता था। उसने तांत्रिक शक्तियों पर विजय प्राप्त कर रखी थी। कुशल तांत्रिक होने के साथ साथ वह बेहद सुंदर युवा भी था। लम्बा शरीर चमकता हुआ गोरा रंग, शरीर पर काला वस्त्र माथे पर लगा हुआ टिका उसकी सुंदरता पर चार चाँद लगाते थे। उसके घुंघराले केश उसके घुटनों तक लहराते रहते थे।

व्यक्ति चाहे गुणों की ख़ान हो लेकिन उसका एक भी दुर्गुण उसके सारे गुणों के ऊपर पानी फेर देता है। उसी प्रकार तांत्रिक गोरखनाथ के एक अवगुण ने उस के सारे गुणों के ऊपर पानी फेर दिया था और उसको विनाश के मार्ग पर ले गया। गोरखनाथ एक व्यभिचारी व्यक्ति था और कोई सुंदर स्त्री पसंद आते ही वह उसको अपने तंत्र विद्या से अपने वश में कर लेता और उस स्त्री के साथ व्यभिचार करता था साथ ही उसे अपने द्वारा किए गये बुरे कार्यों के ऊपर ज़रा सा भी पछतावा नहीं था। वह अपने आप को विनाश के मार्ग पर ले जाने वाले सारे कार्य कर रहा था।

नागमणि की तलाश में गोरखनाथ कई बार इन पहाड़ियों पर चक्कर काट चुका था लेकिन उसको सफलता हाथ नहीं लगी थी.

वह जब भी नागमणी की लालच में हिमालय की इन पहाड़ियों पर आता था बाबा नागेश्वर नाथ की विधिवत पूजा करने के पश्चात अपने कार्य पर निकलता था। उसने संकल्प लिया था की वह बिना नागमणी को प्राप्त किए यहाँ से वापस नहीं जाएगा। वह जानता था कि अगर उसको नागमणी मिल जाए तो वह नागमणी की अलौकिक शक्तियों के सहारे बहुत ताक़तवर और वैभवशाली बन जाएगा। भाग्य लक्ष्मी की कृपा उसके ऊपर हो जाएगी। और वह एक शक्तिशाली व्यक्ति बन जाएगा।

राजा ने भी कभी उस को अपमानित किया था जिस कारण वह अपमान की आग में जल रहा था इसलिए वह नागमणी की शक्ति से राजा को भी सबक़ सिखाना चाहता था।

कहते हैं ना कि व्यक्ति चाहे कितना भी शक्तिशाली क्यूँ न हो उसके पास चाहे जितनी तांत्रिक शक्तियाँ हो लेकिन अगर वह अधर्म के रास्ते में चले और अपने स्वार्थ के लिए उन शक्तियों का प्रयोग करे तो वे शक्तियां कमज़ोर पड़ जाती हैं दैवी शक्तियाँ, तांत्रिक शक्तियाँ सिद्धि से प्राप्त किये गये मंत्र केवल लोक कल्याण पर ही फलीभूत होते हैं।

तान्त्रिक गोरखनाथ इसी पीपल के वृक्ष के नीचे अपने पाँच शिष्यों के साथ डेरा डाले हुए था। प्रति दिन सायंकाल वह हिमालय की इन घाटियों में अपने शिष्यों के साथ नागमणी की तलाश में विचरण करने निकलता, उसके पास पूर्व तांत्रिक के अनुभव और संस्मरण पर आधारित एक पुस्तक थी जिसमें इक्षाधारी नाग नागिन द्वारा धारण की हुयी नागमणी के बारे में जानकारी थी तथा वे संभवत: किस स्थान पर प्राप्त हो सकते हैं वह सभी जानकारी भी उस पुस्तक में थी जिसके अनुसार गोरखनाथ अपनी रणनीति बनाता था। मैं भी सूक्ष्म रूप धारण कर उसकी सारी गतिविधियों पर नज़र बनाए हुए था। मैं उसका पीछा करता रहता था। मुझे यह भय सता रहा था

कि ये तांत्रिक कहीं नागमणी खोजते खोजते आपकी गुफा तक न पहुँच जाएं। काफ़ी दिन बाद भटकते भटकते एक दिन उसने आपको और नागदेव रुद्राक्ष को नागमणी की रोशनी में विचरण करते हुए देख लिया। उसकी ख़ुशी का कोई ठिकाना ना रहा। वह अपने शिष्यों के साथ नागमणी पाने की रणनीति बनाने लगा। मैं इसी पीपल के वृक्ष पर बैठे हुए उसकी सारी रणनीतियों की जानकारी ले रहा था।

अमावस्या की काली रात थी। चारों तरफ़ अंधेरा छाया हुआ था। एक विशाल देवदार वृक्ष के नीचे आप और नागदेव रुद्राक्ष नागमणी की तीव्र रौशनी में विचरण कर रहे थे। शत्रु आपके चारों तरफ़ फैले हुए थे किन्तु इस बात की आप दोनों को ज़रा सी भी भनक नहीं थी।

तांत्रिक गोरखनाथ और उसके शिष्य व साथियों ने आप दोनो को चारों तरफ़ से घेर लिया था। उसने अपने शिष्यों को नागदेव के ऊपर आक्रमण करने को कहा और स्वयं नागमणी की तरफ़ आगे बढ़ने लगा। मुझे विश्वास था कि उसके शिष्य नागदेव रुद्राक्ष का बाल भी बाँका नहीं कर सकेंगे इसलिए मेरा सारा ध्यान तांत्रिक गोरखनाथ की तरफ़ था।

इसी बीच एक अप्रत्याशित घटना घटित हो गयी। गोरखनाथ के शिष्यों ने एक बड़े से पत्थर से नागदेवता रुद्राक्ष के ऊपर आक्रमण कर दिया। वे घायल हो गए। तांत्रिक गोरखनाथ की योजना सफल होते नज़र आ रही थी तब मैंने एक भारी पत्थर के टुकढ़े को तांत्रिक गोरखनाथ के ऊपर फेंक दिया था जिससे वह घायल हो गया और घायल होकर नागदेव रुद्राक्ष के पास जाकर गिरा।

घायल होने के बावजूद भी शक्ति जुटाकर नागदेव रुद्राक्ष ने तांत्रिक गोरखनाथ को मौत के घाट उतार दिया। नागदेव गंभीर रूप से घायल हो गए थे, नागमणी भी बच गयी थी हाँ लेकिन पत्थर के प्रहार से नागदेव अत्यधिक घायल हो चुके थे तो दुर्भाग्यवश उनकी वहीं पर मृत्यु हो गयी।

नागदेव के मृत्यु के पश्चात आप के करुण क्रंदन से पूरी घाटी थर्रा उठी थी। घनघोर अंधेरे के बीच घाटी की शांति ऐसा एहसास दिला रही थी मानो घाटी में उपस्थित पशु पक्षी, पेड़ पौधे, जीव जन्तु सब ही नागदेव रुद्राक्ष की मृत्यु का शोक व्यक्त कर रहे थे।

नागमणि नीली चमकीली रोशनी बिखेर रही थी लेकिन अफ़सोस उसे धारण करने वाला इन हिमालय की घाटियों से सदा के लिए विलीन हो गया था।"

एक दूसरे को प्राणों से भी अधिक प्यार करने वाले दो प्रेमी जो कभी एक दूसरे के बग़ैर नहीं रह सकते अगर उन्हें एक दूसरे से सदा के लिए बिछड़ना पड़े तो इस दर्द का एहसास भी करना अत्यंत कष्टदाई होता है। दोनों के द्वारा बिताए गए वे मधुर पल उनके मन मस्तिष्क पर चलचित्र की तरहे घूमने लगते हैं। जिस का असर दिल की गहराइयों तक होता हैं और आँखों से अशुधारा के रूप में बहने लगता हैं।"

आप ने अपने पति रुद्राक्ष के साथ मानव जीवन की तुलना में मनुष्य के दस जन्मों के समान लंबी अवधि तक बड़ा ही प्रेम पूर्वक समय बिताया था। नाग देव की मृत्यु के पश्चात आप की

आत्मा अत्याधिक पीड़ा में थी और आप को इस रूप में देख कर मेरी आत्मा भी बहुत दुखी थी।"

दामिनी के दृश्य पटल पर वो सारी बातें चल रही थी जो बाबा वीरेन्द्रनाथ बता रहे थे उसकी आँखों से आँसू थमने का नाम नहीं ले रहे थे। माही जब दामिनी को देख रहा था उसे भी बहुत पीड़ा महसूस हुई ऐसा लग रहा था जैसे उसका दिल भी कृन्दन कर रहा हो।

बाबा वीरेन्द्रनाथ की आत्मा पुन: दामिनी से मुखातिब हो कर कहने लगी कि हे माता! आप तो सुंदर स्त्री के रूप में वहाँ खड़ी थी किन्तु नागदेव पत्थर से चोट के कारण घायल होने के पश्चात अपने नाग रूप में वापस आ गए थे।

आपके द्वारा नागदेव को लिपटकर रोना मेरे लिए असहज था। मैं उस दृश्य को देख नहीं पा रहा था लेकिन मेरी मजबूरी थी की ऐसी हालत में मैं आप को छोड़कर नहीं जा सकता था। मनभावन प्रकाश बिखेरती नागमणि की रक्षा करना मेरे लिए अत्याधिक आवश्यक था क्यों की आप तो अपने पति के वियोग में व्याकुल होकर विलाप कर रही थी।

आपका ध्यान नागदेव रुद्राक्ष के नागमणि की तरफ बिलकुल भी नहीं था। मैं भी आपके पास की एक पत्थर की शिला पर बैठकर आपके दुख का साक्षी बना हुआ था। मेरी आत्मा बहुत दु:खी थी। आपको अकेला छोड़कर अगर मैं चला जाता तो किसी अप्रिय घटना की संभावना थी। चारों तरफ़ दुष्ट तांत्रिक नागमणी की खोज में घूमा करते थे। अगर किसी अन्य तांत्रिक की नज़र नागमणी पर पड़ जाती तो वह उसे लेने की कोशिश करता और आपको इस हालत में नुक़सान भी पहुँचा सकता था या आपकी हत्या भी कर सकता था।

आप नागदेव के शव को नहीं छोड़ रही थी। वहीं पर बैठी हुई विलाप करे जा रही थी। काफ़ी देर तक आप वहाँ बैठी रहीं। रोते रोते आपके आँसू भी सूख गए थे। जब चीटे, चींटियों ने नागदेव के मृत शरीर को घेर लिया था। तब आप नागमणी को लेकर गुफा के अंदर चली गईं।

मैंने शपथ ली थी कि कभी भी सशरीर प्रकट नहीं होऊंगा लेकिन मेरी इच्छा थी कि मैं प्रकट होकर आपके इस दुखी समय में आपको सांत्वना दे सकूँ। किंतु मैं ऐसा ना कर सका।

आपके गुफा के अंदर जाने के पश्चात मैं काफ़ी देर तक व्यथित मन से बैठा हुआ था। मेरे आँखो के सामने नागदेवता का चेहरा बार बार आ रहा था। जब एक आत्मा शरीर से निकलती है तो कुछ दिनो के लिए आसपास ही भ्रमण करती है। एक आत्मा दूसरे आत्मा को पहचान लेती हैं। नागदेव रुद्राक्ष की आत्मा ने मुझे वहाँ बैठे हुए पहचान लिया था।

नागदेव की आत्मा मुझसे कुछ कहना चाहती थी ऐसा मुझे अहसास हो रहा था। वह मेरी तरफ़ दु:ख भरी नज़रों से देख रहे थे। उनकी आत्मा ने मेरे पास आकर कहा कि हे ब्राह्म देव ! मैं अपनी दामिनी को अब आपके हवाले छोड़ इस दुनिया से विदा ले रहा हूँ। मुझे विश्वास है कि आपके रहते वह कभी अनाथ नहीं होगी। आप उसका ध्यान रखिएगा।

नागमणि को लेकर गुफा के अंदर आपके जाने के पश्चात मुझे विश्वास हो गया कि अब आप सुरक्षित हैं तत्पश्चात मैं अपने साथ नागदेव रुद्राक्ष के शव को ले आया था। उनके शव को मैंने नागेश्वर नाथ मंदिर के पीछे पश्चिम दिशा में गाड़ दिया था।

रात का अंतिम पहर आने वाला था। मेरी इच्छा थी कि नागदेव की समाधि उसी स्थान पर बना दी जाए। इसलिए मैंने अपने पुत्र को और उस समय के मंदिर के पुजारी देवेंद्रनाथ को सपने में दर्शन दिये।

मैंने देवेंद्र नाथ को संदेश दिया कि पुत्र! नागदेव भगवान् नागेश्वर नाथ के बहुत बड़े भक्त थे। उनकी आज मृत्यु हो गई मैंने मंदिर के पीछे नागदेव के शरीर को गाड़ दिया है। निशान के तौर पर उस स्थान पर एक लाल रंग की पताका भी लगा दी है, एवं मेरी इच्छा है कि नागदेव की समाधि मंदिर के प्रांगण में ही बनायी जाए।

दूसरे दिन देवेन्द्र नाथ ने मेरे सपने में कही हुयी बात को लोगों को बताया और उस स्थान पर गए जहां मैंने नागदेव के शव को गाड़ दिया था। सपने की बात सच होने के कारण यह बात दूर दूर तक फैल गई थी। अत्यधिक संख्या में लोग आकर नागदेव की पूजा श्रद्धा से करने लगे।

विधिवत वेद मन्त्रों के साथ उनकी समाधि वहाँ बना दी गयी थी और आज भी वहाँ समाधि मौजूद है। श्रद्धालु नागेश्वर नाथ के मंदिर के दर्शन करने के बाद वहाँ जाकर पुष्पांजलि अर्पित करते हैं।

आपको इस बात की जानकारी नहीं थी इसीलिए मैं आपको इस सत्यता से अवगत करा रहा हूँ। अब आप जब भी मंदिर आयें तब नागदेव की समाधि पर पुष्प अवश्य अर्पित कर दीजियेगा।

ब्रह्मदेव की बातें दामिनी एकाग्रचित्त होकर सुन रही थी। उसकी आँखों से अश्रुधारा बह रही थी। दामिनी को ऐसा लग रहा था की आज से सैकड़ों वर्ष पूर्व हुई घटना उसके सामने अभी घटित हो रही है।

दामिनी आश्चर्य चकित थी कि आज तक बाबा वीरेन्द्रनाथ की आत्मा साये की तरह उसकी सहायता व रक्षा कर रही थी और उसे इस बात का कभी पता ही न चला वह इस बात से एक दम अनजान थी।

आज सच्चाई जानने के बाद वह ब्रह्मदेव वीरेन्द्रनाथ के प्रति कृतज्ञता महसूस कर रही थी। ब्रह्मदेव दामिनी के बहते हुहे आँसू से द्रवित होकर बोले कि हे देवी! मेरी तनिक भी इच्छा आपको दुखी करने कि नहीं थी मैं तो आपको सत्य बताना भी नहीं चाहता था लेकिन आप यह सत्य जानने की अधिकारिणी थीं और आपको यह बताना भी ज़रूरी था कि आप नागदेव के मृत्यु के पश्चात कभी भी अकेली नहीं थी। नागदेव रुद्राक्ष की आत्मा ने मुझसे वचन लिया था कि मैं साये की तरह आपके साथ रहूँ, तब से ही मैं सूक्ष्म जीव बनकर आप के साथ हूँ और आपके दुश्मनो से आपकी रक्षा करता आ रहा हूँ।"

दामिनी आश्चर्यचकित हो बस ब्रह्म देव की बातें सुनती जा रही थी। माही भी उनकी बातें सुन रहा था और उसकी जिज्ञासा हर पल बढ़ती जा रही थी।

ब्रह्मदेव आगे कहते हैं की मैं माही की बात काफ़ी देर से सुन रहा था माही की माँ माधवी ने आपको शास्त्र के अनुसार एक सुन्दर संदेश दिया है कि आप माही को पुन: नाग योनि में पाने की इच्छा का त्याग कर दीजिए। आप एक पवित्र एवं महान नारी हैं भगवान नागेश्वर नाथ की बहुत बड़ी भक्त हैं। इसलिए आपको सर्वश्रेष्ठ मनुष्य के रूप में अगले जन्म की कामना करनी चाहिए। मुझे पूर्ण विश्वास है कि अगले जन्म में, आपका, आपके पति नागदेव रुद्राक्ष के साथ, मनुष्य जीवन में पूर्ण मिलन होगा।

ब्रह्मदेव विरेंद्रंनाथ से अपने अतीत की बात सुनकर दामिनी उनसे कहती है कि बाबा! आज मुझे पता चला कि आप मेरे पति नागदेव रुद्राक्ष की मृत्यु के पश्चात साये की तरह मेरे साथ थे, सदैव मेरे रक्षक बने रहे। मैं आपके समक्ष कृतज्ञता प्रकट करती हूँ। यूं तो मैंने कई बार अनुभव किया कि कोई दैवीय, अलौकिक शक्ति मेरी मदद कर रही है लेकिन मैं कभी भी यह सोच नहीं सकती थी कि वह आप होंगे।

दामिनी अपने अतीत को याद करते हुए ब्रह्मदेव वीरेन्द्रनाथ से कहती हैं कि जब तांत्रिक गोरखनाथ ने मेरे पति नागदेव रुद्राक्ष के ऊपर आक्रमण किया था तो मैं एक पेड़ के पीछे छिप गयी थी और मुझे लग रहा था कि अब आज सर्वनाश अवश्यम्भावी है।

हे ब्रह्मदेव! ये बात पूर्णत: सत्य है कि जब व्यक्ति के ऊपर कोई विपत्ति आती है तो उसकी बुद्धि भ्रमित हो जाती है। मैं आज आप को एक सत्य बताती हूँ सैकड़ों साल पहले मेरे पति रुद्राक्ष ने एक ऋषि की जान बचायी थी तब उस ऋषि ने कृतज्ञता प्रकट करने के लिए मेरे पति रुद्राक्ष को मंत्रों से पूजित सिद्ध की गई एक अंगूठी दी थी और उनसे कहा था कि जब वे मनुष्य का रूप धारण करें तो अंगूठी अपनी तर्जनी में अवश्य ही धारण कर लें और इस अँगूठी के रहते उन्हें कोई पराजित नहीं कर सकेगा। उनके कहने के अनुसार मेरे पति रुद्राक्ष जब भी मनुष्य का रूप धारण करते थे, अंगूठी अवश्य ही धारण कर लेते थे लेकिन मेरा दुर्भाग्य देखिए उस दिन जब उन्होंने मनुष्य का रूप धारण किया वे अंगूठी पहनना भूल गए और मैंने भी ध्यान नहीं दिया अन्यथा मैं उन्हें अंगूठी अवश्य धारण करने को कहती।

जिस प्रकार पापी तांत्रिक गोरखनाथ अपने शिष्यों के साथ मेरे नगपति रुद्राक्ष को घायल करने के पश्चात नागमणि की तरफ़ आगे बढ़ रहा था मैं बहुत कमज़ोर और हताश हो गयी थी। मुझे विश्वास हो गया था की अब नागमणि को हम से छीन लिया जाएगा। लेकिन उसी समय घटित एक घटना ने मुझे आश्चर्य चकित कर दिया था, मैंने पर्वतों की चोटियों से नीचे आते हुए पत्थरों को लुढ़कते हुए देखा था। मैंने ये भी देखा कि एक विशाल शिला ज़मीन के समानांतर उड़ती हुई तांत्रिक गोरखनाथ के ऊपर गिरी जिसके कारण चोटिल हो वह लुढ़क कर मेरे पति रुद्राक्ष के समीप आकर गिरा, जिसके फलस्वरूप प्राण त्यागने से पहले नागदेवता रुद्राक्ष ने अपने शत्रु

को मौत के घाट उतर दिया। इससे उनकी आत्मा को शांति मिली। एकाएक फिर से एक घटना ने मुझे चौका दिया, मैंने देखा कि गोरखनाथ और उसके शिष्य पहाड़ी से नीचे गिर गए ऐसा लग रहा था की कोई अदृश्य शक्ति उनके ऊपर भारी पड़ गयी हो, मैंने सोचा शायद भोलेनाथ हमारी मदद कर रहे हैं। लेकिन आज मुझे पता चला कि वह कोई और नहीं आप ही थे जो अदृश्य होकर हमारी मदद कर रहे थे।

वह दृश्य देखकर मैं बहुत घबरा गयी थी। मैं नागमणी लेकर गुफा के अंदर चली गयी थी। जिस तरह जल से बाहर मछली तड़फती है, मेरी हालत भी वैसी ही थी। सैकड़ों वर्ष मैंने अपने नागदेवता रुद्राक्ष के साथ उस गुफा में बिताए थे। अपने नागदेवता रुद्राक्ष के बिना मेरी आत्मा तड़फ रही थी। मुझे विश्वास ही नहीं हो रहा था कि नागदेव अब मेरे साथ नहीं हैं। मुझे कुछ सूझ नहीं रहा था कि अब कैसे उनके बिना मेरे दिन कटेंगे, इन्ही सब विचारों से मेरा दिल घबरा रहा था। गुफा में मेरी और नागदेवता की काफ़ी सारी यादें थी। उनके बिना मुझे वह जगह शमशान की तरह वीरान लग रही थी। गुफा जैसे मुझे काटने को दौड़ रही थी।

कुछ देर गुफा में रहने के पश्चात मेरी सहनशक्ति ने जवाब दे दिया, मैं अपने पति रुद्राक्ष के शव के साथ लिपटकर रोना चाहती थी। गुफा से निकलने के बाद मैंने देखा कि नागदेवता रुद्राक्ष का शव अपनी जगह से ग़ायब था, मैंने इधर उधर उन्हें ढूँढा भी लेकिन वे मुझे कही ना मिले। मेरा हृदय बैठ गया, मैं बहुत रोयी, मैंने अपने आपको बहुत कोसा कि मैं क्यूँ उन्हें छोड़कर चली गयी थी। मैंने सोचा शायद कोई जंगली जानवर उनके शरीर को उठा ले गया होगा।

मैं अपने पति का अंतिम संस्कार तक नहीं कर पायी थी, इसका दर्द आज तक मुझे सता रहा था लेकिन आज आपके मुख से सच्चाई जानकर वर्षों से दबी हुई मेरी कुंठा समाप्त हुई।

दामिनी हाथ जोड़कर ब्रह्मदेव से बोली कि हे ब्रह्मदेव! आपने जो पुनीत कार्य किया है, उसका एहसान पूरी ज़िंदगी यह दामिनी कभी नहीं उतार सकती। आज आपके लिए जो श्रद्धा और आदर के भाव मेरे हृदय में उत्पन्न हुए हैं उसे मैं शब्दों में बयान नहीं कर सकती। आप जैसे महान आत्मा के कारण ही आज भी दुनिया में धर्म जीवित है।

दामिनी के श्रद्धा आदर एवं कृतज्ञता भरे हुए शब्दों को सुनकर ब्रह्मदेव वीरेंद्र नाथ भावुक हो जाते हैं और वे दामिनी से कहते हैं कि हे देवी दामिनी! मैं हमेशा सत्य की राह में चलने वाले और सरल स्वभाव वाले व्यक्ति की दुष्ट पापी और अधर्मी लोगों से रक्षा करता हूँ। मेरे द्वारा किए गये किसी भी कार्य को आप एहसान मत समझिए। मैंने तो केवल अपने कर्तव्य का पालन किया हैं।

हे देवी दामिनी! रात्रि का प्रथम पहर समाप्त होने वाला है अब मुझे प्रस्थान करना चाहिए। मंदिर के कपाट बंद होने वाले हैं एवं मुझे नागेश्वर नाथ की आराधना करनी है अत: अब मुझे इज़ाज़त दें।

मैं आप को भी सलाह देता हूँ की अतिशीघ्र आप भी अपने निवास स्थान के लिए प्रस्थान करें। आपको रास्ते में सतर्क रहना पड़ेगा क्योंकि आप अभी भी शत्रुओं से घिरी हुई हैं। माही को भी अब जाना चाहिए क्यूंकि उसके माता पिता भी परेशान हो रहे होंगे।

जाते हुए ब्रह्मदेव दामिनी को कहते हैं कि अब मैं प्रस्थान करता हूँ, लेकिन मैंने आप को जिन- जिन बातों से सावधान किया हैं उन बातों को ध्यान में रखिएगा।"

इतना कहने के बाद ब्रह्मदेव वीरेन्द्रनाथ विलुप्त हो गए। उनके जाने के बाद दामिनी ने माही से कहा कि आप का बहुत बहुत धन्यवाद जो आप मेरे साथ यहाँ पूजा करने आए, जिस कारण मुझे एक महात्मा के दर्शन हुऐ और उनकी बातें सुनकर मेरे मन की अनेकों भ्रांतियां दूर हो गयी। अच्छा, क्या आप को उनकी बात सुन कर अपने पूर्वजन्म की कोई बात याद आयी ?

मुझे तो अपने पूर्वजन्म की कोई बात याद नहीं आयी, लेकिन आपकी और ब्रह्मदेव वीरेन्द्रनाथ की बातें सुन कर मुझे यक़ीन हो गया हैं कि मैं ही आपके पूर्वजन्म का नागपति रुद्राक्ष हूँ, और आप मुझे अपने पति नागदेव रुद्राक्ष का पुनर्जन्म मानती हैं। अगर इसमें थोड़ी सी भी सत्यता है तो ये मेरे लिए बड़े ही सौभाग्य की बात होगी।

मुझे बहुत गर्व की अनुभूति हो रही है की पूर्वजन्म कि मेरी पत्नी पवित्रता और त्याग की मूर्ति है एवं आप जैसी स्त्री जिस पति की पत्नी होगी वह तो उसके लिए सौभाग्य की ही बात होगी।

प्रेम, त्याग और बलिदान का एक रूप होता है जो की आप में कूट कूट कर भरा है तीन सौ वर्षों से आप अपने पति रुद्राक्ष को ढूंढ रही हैं, आप उन्हें भूल नहीं पाई हैं। उनके वियोग में तथा उन्हें पति के रूप में पाने के लिए भटक रही हैं।

आप के मृत पति के प्रति इस सच्चे प्रेम ने मुझे बहुत प्रभावित किया है। आज मैं आपको ये वचन देता हूँ की आप कभी अपने आप को अकेला मत समझिए। आप के दुख:सुख में यह माही सदैव ही आपके साथ रहेगा। आप को जब भी मेरी आवश्यकता होगी आप मुझे याद कीजियेगा, मैं आपकी मदद करने के लिए सदैव तत्पर रहूंगा। पता नहीं क्यूँ मुझे आप को छोड़कर जाने का मन नहीं कर रहा है।

लेकिन समय अत्यधिक व्यतीत हो गया हैं और मेरे माता पिता भी परेशान हो रहे होंगे इसलिए मैं आपसे अनुमति चाहता हूँ। और ब्रहमदेव ने भी आप को अपने निवास जाने की सलाह दी है अत: उन्होंने जिस स्थान से आप को जाने के लिए कहा हैं आप उसी स्थान से जाईएगा"।

माही ने अपना मोटरसाइकल स्टार्ट किया और घर की तरफ़ रवाना हो गया। दामिनी भी अपना रूप बदलकर नागिन के रूप में आ गयी थी।

ब्रह्मदेव विरेंद्र नाथ जी ने दामिनी को नागदेव रुद्राक्ष के समाधि के बारे में बताया था। इसलिए दामिनी उस स्थल पर जाने हेतु व्याकुल थी।

काफ़ी रात हो चुकी थी चारों तरफ़ अंधेरा और सन्नाटा छा गया था। गहरी रात में यूँ भी मंदिर में भक्तों की संख्या नगण्य हो जाती है अत: माही के जाने के बाद दामिनी भी अपने पति रुद्राक्ष की समाधि पर जाने कि इक्षा से पीपल के वृक्ष के नीचे से रेंगती हुई मंदिर के प्रांगण में बने नागदेवता रुद्राक्ष की समाधि तक पहुँच गयी।

और रुद्राक्ष की समाधि से लिपटकर रोने लगी। वह समाधि से लिपटकर विलाप करने लगी एवं रोते रोते कहती है कि हे नाग देवता! मैं कितनी अभागी हूँ, मैं आपके कहे अनुसार हर सोमवार नागेश्वर के मंदिर उनकी पूजा आराधना करने के लिए आती हूँ। किंतु आप मेरे इतने क़रीब थे मुझे पता ही नहीं था। मुझे माफ़ कर दीजिएगा, मैं आपकी समाधि पर फूल तक अर्पित नहीं कर पायी। यह तो बाबा वी रेंद्र नाथ की कृपा हैं कि उन्होंने मुझे साक्षात दर्शन दिए और आपके इस पवित्र स्थल के बारे में बताया। सैकड़ों वर्षो से आपका शरीर मंदिर के प्रांगण में था और मैं अभागिन, दुखियारी समझ रही थी कि मैंने आपको खो दिया। आज ब्रह्म देव की असीम कृपा से मैंने आपको फिर पा लिया। मुझे ऐसा प्रतीत हो रहा है मानों आप मेरे साथ हैं और मुझे देख रहे हैं।

भावनाओं में बहकर दामिनी नागमणी निकालकर कहती है कि हे नागदेव! यह देखिए मैंने आपकी अमानत को आज तक संभाल कर रखा है, इस नागमणी को पाने की लालसा लिए कई लालची तांत्रिकों ने मेरे ऊपर हमले किए परंतु ब्रह्मदेव विरेंद्रनाथ ने हमेशा मेरी रक्षा की और उन्ही की वजह से मैं आपकी अमानत को सुरक्षित रख पायी हूँ।

नागमणी को जैसे ही दामिनी समाधि के ऊपर रखती हैं, नागमणी से नीली रौशनी चारों तरफ़ फैलने लगती हैं। परिस्तिथि से वशीभूत, दामिनी ब्रह्मदेव की बतायी हुई सारी बात भूल जाती है, ब्रह्मदेव ने उसे हमेशा सतर्क रहने को कहा था। उन्होंने दामिनी को सावधान करते हुए कहा था कि उसने अपने कोमल स्वभाव के कारण काली तांत्रिक के शिष्यों को जीवन दान दे दिया था और अब वे ही शिष्य नागमणी की तलाश में दामिनी की गुफा के इर्द गिर्द घूमते रहते हैं। उन्होंने नागमणी को अपनी आँखो से देखा था जब वे काली तांत्रिक के साथ आपके समक्ष खड़े थे। काली तांत्रिक के शिष्य ये भी जानते हैं कि दामिनी माही के घर आती जाती रहती है। उन्होंने दामिनी की शक्तियों को भी आंक लिया था। वह सिर्फ़ एक मौक़े की तलाश में थे। वे कई बार दामिनी के पीछे पीछे घाटी तक भी गए थे। दामिनी की गुफा तक पहुँचना सामान्य मनुष्य के लिए असम्भव था। इसलिए तांत्रिक उसकी गुफा तक नहीं पहुँच पाते थे किन्तु निरंतर ही वे अपनी तैयारी कर रहे थे कि वे किस तरह दामिनी को दबोचेंगे।

सोमवार के दिन जब दामिनी सुंदर स्त्री के रूप में माही से मिली थी तब उन तंत्रिको ने दामिनी का पीछा किया था। जिसकी भनक दामिनी को नहीं पड़ी थी। जब दामिनी अपनी गुफा से निकलकर गाँव की तरफ़ मुड़ने वाली सड़क पर अपना रूप बदलकर सलवार सूट में एक सुंदर स्त्री का रूप धारण कर माही का इंतज़ार कर रही थी तब भी काली तांत्रिक के शिष्य दामिनी का

पीछा करते करते हुए वहाँ पहुँच गए थे हालाँकि उन्हें नहीं पता था कि दामिनी माही का इंतेज़ार कर रही है। वे, वहाँ पेड़ के पीछे छुपकर दामिनी के ऊपर नज़र गड़ाए हुए थे कि इतने में माही अपने मोटर साइकिल से दामिनी के पास आकर रुकता है। दामिनी माही के पीछे बैठ जाती है और वे दोनो नागेश्वर मंदिर की तरफ़ रवाना ह गए थे। वे शिष्य भी उनके पीछे नागेश्वर मंदिर तक पहुँच गए, चारों तरफ़ अंधेरा छा गया था। मंदिर के आसपास कोई मनुष्य नहीं था। माही और दामिनी नागेश्वर मंदिर में पहुँचकर उनकी पूजा आराधना करनें में व्यस्त हो गए।

पूजा आराधना के पश्चात मंदिर के सामने पीपल के वृक्ष के नीचे बने चबूतरे पर माही और दामिनी बैठ कर बाते कर रहे थे और वे लालची तांत्रिक उनसे थोड़ी ही दूर एक बड़े से पेड़ के पीछे छुपे हुए उनपर नज़र गड़ाए हुए थे। पेड़ के नीचे एक बल्ब लगे होने के कारण वे तांत्रिक दामिनी और माही को देख सकते थे लेकिन अंधेरा होने के कारण दामिनी और माही उन तांत्रिको को नहीं देख पा रहे थे। जब पीपल के वृक्ष से ब्रह्मदेव विरेंद्र नाथ उतरे थे और माही तथा दामिनी से जो बातें की थी वह सब वे तांत्रिक नहीं सुन पा रहे थे वे तांत्रिक ब्रह्मदेव को देखकर चौक जाते हैं। वे दूर से ही उनपर नज़र बनाए हुए थे।

वे तांत्रिक देखते हैं कि वे महान आत्मा उनसे कुछ देर बात करने के पश्चात ग़ायब हो जाती हैं। माही भी दामिनी से थोड़ी देर बात करने के पश्चात वहाँ से चला जाता है तब दामिनी अकेली रह जाती है और वह भी नागिन के रूप में आ जाती है दामिनी ब्रह्मदेव द्वारा बतायी गयी नागदेव की समाधि की तरफ़ रेंगते हुए जाती हैं। घोर अंधेरा होने के कारण दामिनी उन तांत्रिको कि नज़रों से ओझल हो गयी थी वे तांत्रिक दामिनी को देख नहीं पाए कि वो किस दिशा चली गयी। वे वहाँ से जाने की तैयारी कर ही रहे थे अचानक एक तेज रौशनी ने उनका ध्यान आकर्षित किया। रौशनी मंदिर के पश्चिमी हिस्से से आ रही थी। मंदिर के चारों ओर ऊँची दीवार थी, मंदिर का दरवाज़ा बंद था कोई भी उस समय मंदिर की अंदर जाने का साहस नहीं करता था लेकिन जब व्यक्ति के अंदर लालच अपनी पराकाष्ठा पर होता है तब वह अधर्म के मार्ग पर चलने के लिए ज़रा भी नहीं घबराता। वे तांत्रिक ये जानते हुए कि इस समय मंदिर के अंदर घुसना निषेध हैं, मंदिर में प्रवेश करने हेतु मंदिर के पश्चिमी हिस्से की तरफ़ बढ़ते हैं और वहां बनी दीवार पर चढ़कर आने वाली रौशनी को देखने की कोशिश करते हैं। उस नीली रौशनी को देखते ही उनकी आँखे चुंधिया जाती हैं।

वे पापी तांत्रिक देखते हैं कि वहाँ एक समाधि है और नागिन समाधि से लिपटी हुई है और नागमणी समाधि के ऊपर रखी हुई है जिसके कारण चारों ओर नीले रंग का प्रकाश फैला हुआ है। नागमणी को देखते ही उन्होंने अपनी रणनीति बना ली कि वे आज तो नागमणी को लेकर ही जाएँगे, वे धीरे से दीवार फाँदकर दबे पाव दामिनी की तरफ़ बड़ते हैं, दामिनी अपनी ही धुन में थी उसे ज़रा सी भी भनक ना पड़ी की कोई ख़तरा उसके क़रीब आ रहा है। पापी सँपेरों ने सोच लिया था कि वे तलवार से दामिनी पर प्रहार करके उसके टुकड़े कर देंगे और नागमणी को लेकर वहाँ से चले जाएँगे।

उन्हें डर भी था की अगर नागिन को उनके आने का आभास हो जाएगा तो उन्हें फिर कोई नहीं बचा सकता क्यूँकि उन्होंने नागिन दामिनी की शक्तियों को देखा था जब वे काली सँपेरे के साथ नागिन से नागमणी छीनने आए थे। काली की मृत्यु उन्होंने अपने सामने देखी थी। इसी कारण वे बढ़े सावधानी से दामिनी की तरफ़ बड़ रहे थे।

अपने नागदेवता रुद्राक्ष के साथ वर्षो पहले बिताए हुए क्षणो की यादों में तल्लीन दामिनी को उसके ऊपर आने वाली विपत्ति का किंचित मात्र भी अहसास नहीं हो पा रहा था कि उसके शतु उसके ऊपर जानलेवा हमला करने वाले हैं।

वे दोनो पापी तांत्रिक दामिनी पर आक्रमण करने वाले ही थे कि अचानक ऐसी घटना घटी जिसका उन्हें तनिक भी अंदाज़ा नहीं था। दामिनी पर जैसे ही उन सँपेरों ने तलवार से आक्रमण करना चाहा, हवा की गति तीव्र हो गयी और उसी बीच तीव्र हवा के वेग से दो त्रिशूल आये जो उन सपेरों के गले के आरपार हो गए एवं वे बिना एक शब्द भी बोले धराशायी होकर ज़मीन पर गिर पड़े। उनके गिरते ही दामिनी चौक कर उठ गयी। ब्रह्मदेव की आत्मा बहुत ही क्रोधित थी बाबा विरेंद्र नाथ दिख तो नहीं रहे थे, लेकिन उनकी आवाज़ सुनाई दे रही थी उन्होंने उन घायल तंत्रिको को डपटते हुए कहा कि रे लालची मूर्ख, कृतघ्न सँपेरे तुम्हें ज़रा सी भी लज्जा नहीं आयी की भगवान भोलेनाथ के पवित्र प्रांगण में तुम दोनो ये घृणित कार्य करने जा रहे थे, इसी वजह से भगवान भोलेनाथ के परम भक्त विरेंद्रनाथ ने तुम्हें ये सज़ा दी है। लालच के कारण तुम लोग भूल गए कि इसी देवी ने तुम लोगों को जीवनदान दिया था और नागमणी की चाह में तुम लोग इसी देवी के पीठ पर वार करने वाले थे।

तुम लोगों को लग रहा था कि कोई तुम्हें नहीं देख रहा लेकिन मेरी दृष्टि हमेशा तुम पर बनी हुयी थी इसलिए देवी दामिनी के प्रस्थान के पश्चात मैं तुम लोगों पर नज़र गड़ाए हुआ था जबकि तुम लोग पेड़ के पीछे छुपे हुए दामिनी के ऊपर नज़र लगाए हुए थे। आज मैं तुम लोगों को देखकर समझ गया था कि तुम लोग अवश्य ही कोई ना कोई अनैतिक कार्य करने वाले हो। इसलिए मेरी नज़र तुम्हारा पीछा कर रही थी जिसका तुम्हें अंदाज़ा भी नहीं था समय रहते अगर मैं तुम पर वार नहीं करता तो आज यह पवित्र भूमि कलंकित हो जाती।

इतना कहने के बाद ब्रह्मदेव विरेंद्रनाथ ने उन दोनो के शरीर को हवा में उछालकर मंदिर के दीवार के पीछे बहती हुई नदी में फेंक दिया जो की उस नदी के बहाव में विलीन हो गए।

दामिनी ने जब पीछे मुड़कर देखा तो वह दंग रह गयी और जब उसे पता चला की वे दो सपेरे नागमणि की लालच में उसके ऊपर आक्रमण करने के लिए आए थे और एक बार फिर ब्रह्मदेव वीरेन्द्रनाथ की आत्मा ने उसे उन से बचाया था और उन सपेरों से नागमणि की रक्षा की तब एक बार पुन: उसके हाथ सहज श्रद्धावश बाबा वीरेन्द्रनाथ को प्रणाम करने हेतु जुड़ गए। अपनी आँखो के सामने अपने दुश्मनों का विनाश देखकर वह चौंक गयी थी। वह अपने आपको ही कोस रही थी कि आज अगर बाबा विरेंद्रनाथ ना होते तो वह नागदेवता रुद्राक्ष की अमानत

नागमणी को खो देती। बाबा विरेंद्रनाथ एक साए की तरह दामिनी के साथ थे। उन्होंने अपने वचन को हमेशा से ही निभाया। एक पिता की तरह वे दामिनी की रक्षा करने के लिए तत्पर रहते थे। उन्होंने कभी भी दामिनी को अकेला नहीं छोड़ा।

बाबा ने उन पापी सपेरों को सजा देने के बाद दामिनी को दर्शन दिए। उनको सामने देख दामिनी ने हाथ जोड़कर अपनी कृतज्ञता को प्रकट करते हुए कहा हे बाबा! आप इस दामिनी के ऊपर उपकार ही करे जा रहे हैं। मैं बहुत आभारी हूँ, हाँ,मुझसे गलती हुई है, आपने सही कहा था कि मैंने उन पापियों को जीवन दान दे कर के गलती की थी, आज अगर आप ना होते तो वे मेरे ऊपर प्रहार करने में सफल हो जाते और मैं, मेरे पति नागदेवता रुद्राक्ष के समाधि पर रखे इस नागमणी की रक्षा नहीं कर पाती।"

ब्रह्मदेव विरेंद्र नाथ दामिनी की बात सुनने के पश्चात कहते हैं हे देवी दामिनी! मैंने बहुत पहले ही इन तांत्रिको को देख लिया था, यह वृक्ष के पीछे छिपकर आप की ओर नज़र गड़ाए हुए थे और मेरी नज़र उनपर थी। मुझे लग ही रहा था की यह आज कोई न कोई अनर्थ करने वाले हैं। इसलिए मैंने आपको आपके निवास स्थान जाने के लिए मंदिर के अंदर से जाने वाले मार्ग को चुनने के लिए कहा था। लेकिन मैं आपकी विवशता को समझ सकता हूँ, आज ही आपको, आपके पति नागदेवता रुद्राक्ष के समाधि के बारे में ज्ञात हुआ तो आप उनकी समाधि पर जाने के लिए विचलित होंगी एवं स्वयं को नहीं रोक पाई होंगी। मुझे लग ही रहा था कि आप मेरी बात नहीं मानेंगी और नागदेवता की समाधि की ओर जाएँगी, इसीलिए मेरी नज़र आपके ऊपर थी। मैंने उन पापियों को आपके पीछे जाते हुए देख लिया था। आप तो अपनी व्यथा नागदेव रुद्राक्ष को सुना रही थी। आपका ध्यान दूसरी तरफ़ था और उसी का फ़ायदा उठाकर यह पापी आप पर आक्रमण करने वाले थे।

अब आप सुरक्षित हैं, अत: आप अतिशीघ्र अपने निवास स्थान के लिए प्रस्थान करे। मंदिर के कपाट अब बंद होने वाले हैं।

हे बाबा ब्रह्मदेव! यह नागमणी ही मेरे प्राणो के लिए कंटक बन रही हैं, इसलिए, मैं चाहती हूँ कि यह नागमणी आप अपने पास रख लें।

दामिनी की बात सुनकर ब्रह्मदेव विरेंद्रनाथ चौक जाते हैं वे दामिनी से कहते हैं हे देवी दामिनी ! यह आप क्या कह रही हैं, आपकी इस अलौकिक,दिव्य शक्ति से परिपूर्ण नागमणी को मैं कदापि अपने पास नहीं रख सकता।

जब एक नाग! सहस्रों वर्षों तक भगवान भोलेनाथ की कठोर साधना और आराधना करता है तब भोले नाथ उसे इक्षाधारी नाग होने का वरदान देते हैं और इसका कारक अलौकिक शक्ति से परिपूर्ण यह नागमणी होती हैं।

इस नागमणी के कारण ही एक नाग अपना स्वरूप बदल सकता है, उसे दिव्य दृष्टि प्राप्त होती है। आपको अपने पति रुद्राक्ष के मृत्यु के पश्चात जितनी भी जानकारी प्राप्त हुई हैं वह सब इसी

नागमणी के कारण ही हुई हैं। अगर आप इस नागमणी को मुझे दे देंगी तो आप शक्तिहीन हो जायेंगी और मैं अगर इसे अपने पास रखूँ तो मेरी शक्ति बड़ जाएँगी।

नागमणी जैसे दुर्लभ, अलौकिक दिव्य शक्ति से परिपूर्ण वस्तु को मुझे सौपने के विचार से यह साबित होता हैं कि आप कितनी नि:श्छल स्वभाव की हैं।"

हे देवी ! मैं इतना स्वार्थी नहीं हूँ कि आपके इस अज्ञानता लिए हुए फ़ैसले को स्वीकार करके आपको शक्तिहीन कर दूँ। यह नागमणी नागदेवता रुद्राक्ष के सहस्रों वर्षो की कठिन तपस्या का फल हैं और उनकी पत्नी होने के नाते उनकी मृत्यु के पश्चात इस नागमणी पर सिर्फ़ आपका अधिकार है। अत: मेरा आपसे अनुरोध हैं की आप अतिशीघ्र इस अलौकिक नागमणी को लेकर अपने निवास स्थल के लिए प्रस्थान करें।

आपको कदापि विचलित होने की आवश्यकता नहीं है। सैकड़ों वर्षो से में आपकी रक्षा करते आ रहा हूँ। आगे भी मैं आपको कुछ नहीं होने दूँगा। आपकी रक्षा करना ही मेरा परम कर्तव्य है।

अब मेरी साधना का समय हो गया है। कपाट बंद होने बाद मैं भगवान नागेश्वर नाथ की आराधना करता हूँ। मुझे अनुमति दीजिए, इतना कहने के बाद ब्रह्मदेव विरेंद्र नाथ वहाँ से चले जाते हैं।

ब्रह्मदेव के जाने की बाद दामिनी थोड़ी देर वहाँ रह के सोचती है कि इस धरा पर उसकी रक्षा करने वाला, उसका पथ प्रदर्शक है, जो उसके साथ हमेशा बना रहेगा। दामिनी फिर निश्चिंत होकर नागमणी को लेकर अपने निवास स्थान के लिए प्रस्थान करती है।

दूसरी तरफ़ माही के घर का माहोल ही कुछ और था, जो माही प्रतिदिन ५ बजे तक घर पहुँच जाता था वह रात के १० बजे तक भी घर नहीं पहुँचा सो माही के माता पिता बहुत परेशान थे। माधवी के मन में अनेकों शंका पैदा होने लगी। वह सोचती हैं कि पहले तो माही ने ऐसा कभी ना किया था, अगर देर हो जाए तो वह अपनी माँ को अवश्य ही सूचित करता था लेकिन इस बार तो उसने कोई सूचना भी नहीं दी। माधव ने सभी करीबी रिश्तेदारों, उसके दोस्तों को भी माही के बारे में जानने के लिए खबर भिजवायी परंतु हर जगह से नकरात्मक उत्तर ही मिला। सभी निकट सम्बन्धी चिंतित हो गए, वे सभी माधव और माधवी के घर आकर संतवना देने लगे। माधवी का रो रोकर बुरा हाल था। उसके आँखो से आँसू थमने का नाम ही नहीं ले रहे थे। माधवी को माही के घर ना लौटने का कारण दामिनी ही लग रही थी।

विपत्ति के समय मनुष्य नकरात्मक सोच रखता है। माधवी को लग रहा था कि कहीं दामिनी ने माही को नाग योनि में वापस पाने के लिए कुछ नुक़सान न पहुँचा दिया हो ? जैसे जैसे समय अधिक होता जा रहा था माधवी की शंका यक़ीन में बदलती जा रही थी। गाँव के सभी लोगों को भी लगने लगा था की माही के साथ कहीं कोई अनहोनी ना हो गयी हो। जितने लोग उतनी बातें। लोगों की बातों को सुनकर माधवी का दिल भी बैठा जा रहा था।

कि तभी माही की मोटरसाइकिल की आवाज़ आयी जिसे सुन माधवी दौड़कर अपने घर के बाहर आ गयी। माही को आते देख सभी ने राहत की साँस ली। माही घर आकर अपनी मोटरसाइकिल रोकता है तभी माधवी माही को पास पाकर उसे लिपट कर रोने लगती है और माही को डांटते हुए कहती है कि, चिंता के मारे उसकी जान जा रही थी। सभी बहुत परेशन हो गए थे।

माही अपनी माँ को शांत करते हुए कहता हैं माँ! घर के अंदर चलो, तुम्हें मैं सारी बात बताता हूँ, अब तो मैं आ गया हूँ, जब मैं तुम्हें सारी बात बताऊँगा तब तुम्हारी सारी नाराज़गी दूर हो जाएगी।

माही के देर से आने के कारण को जानने के लिए माधव और माधवी दोनो उत्सुक थे। माही को जैसे ही माधवी पूछती है कि बता क्या हुआ? क्यूँ देर हो गयी? कहाँ था?

माही ने माँ को शांत करते हुए कहा माँ! माँ! तू शांत हो, सब बताऊँगा, पहले मेरे लिए तू चाय बना, मैं ज़रा हाथ मुंह धो लूं, तुम चिंता मत करो, मैं ठीक हूँ।

माही हाथ मुंह धोने चला गया और माधवी चाय बनाने रसोईघर में चली गयी। थोड़ी देर बाद माही कपड़े बदल कर चारपाई पर बैठ आँखे बंद कर लेटा ही था कि माधवी चाय नाश्ता ले आयी। माही माधवी की आहट सुन उठ कर बैठ गया और फिर चाय पीते पीते कहने लगा कि माँ, आज मैं जब शाम को कॉलेज से आ रहा था तो गाँव की तरफ़ मुड़ने वाली सड़क पर एक लड़की दिखी जिसने मुझे अपने पास बुलाया, जैसे ही मैं उसके पास गया उसे पहचानने में देर ना लगी वह मेरे सपने में आने वाली नागिन देवी दामिनी थी। दामिनी एक सुंदर स्त्री के रूप में सलवार सूट पहन कर मेरे सामने खड़ी थी।

वह मुझसे विनती करने लगी कि आज सोमवार है और मेरी इच्छा हैं कि मैं मेरे नागदेव रुद्राक्ष के साथ नागेश्वर नाथ की आराधना व पूजा करूँ इसलिए आप मेरे साथ नागेश्वर मंदिर में चलिए। वह मुझे हमेशा अपना पति नागदेवता रुद्राक्ष कहकर पुकारती हैं, मुझे अच्छा नहीं लगता लेकिन उसका अपने पति के प्रति अपार प्रेम और उसकी पतिव्रता भावना को देखकर मैं उसे मना नहीं कर पाता हूँ। मुझे लगा कि अगर मैं उसे मना कर दूँगा तो उस के मन को ठेस लगेगी और मैं अपने पति से असीम प्रेम करने वाली उस स्त्री को दु:खी नहीं करना चाहता था।

ईश्वर की लीला देखिए दामिनी अभी तक जीवित है, वह अपने पति रुद्राक्ष को कई वर्षो से खोज रही है और अब तीन सौ वर्ष बाद उसका पति उसे मनुष्य योनि में माही के रूप में मिला है जिसे अपने पूर्व जन्म की कोई बात याद नहीं हैं और दामिनी उसे उसके पूर्व जन्म की बातें याद दिलाने की कोशिश कर रही है। माही को कुछ याद तो नहीं आ रहा लेकिन उसे अपने पूर्व जन्म की बातों को जानने की उत्सुकता अवश्य ही बनी रहती है।

माही माधवी से कहता है कि माँ, मैंने उससे यह भी कहा था कि मैंने अपने माता पिता को देर से घर जाने के बारे में नहीं बताया है। अगर मैं देर से घर पहुँचा तो उन्हें चिंता होगी। लेकिन

उसने मुझसे कहा कि हम शीघ्र ही वापस आ जाएँगे और आपको जब यह पता चलेगा कि आप मेरे साथ मंदिर गए हैं तो आप नाराज़ नहीं होंगी।

अचानक मुझे याद आ गया कि आपने कहा था कि अगर दामिनी मुझे दिखे तो उससे कहना कि वह अपने आपको मनुष्य योनि में आने के लिए भगवान नागेश्वर नाथ की आराधना करे, उनकी पूजा करे, उनसे विनती करे।

आपकी ये बात मुझे उसे बताना थी इसलिए मै उसके साथ चला गया, मुझे उम्मीद थी कि मैं वहां से जल्द ही वापस लौट आऊँगा और समय पर घर आ जाऊँगा लेकिन वहाँ एक के बाद एक ऐसी घटनायें घटती रही कि मैं चाह कर भी वापस नहीं लौट पाया।

हम लोगों ने नागेश्वर नाथ के समय पर दर्शन कर लिये लेकिन उसके बाद ही दामिनी ज़िद करने लगी की हर सोमवार वह जब नागदेवता रुद्राक्ष के साथ नागेश्वर के मंदिर आती थी तो पूजा करने के बाद कुछ देर पीपल के वृक्ष के नीचे बैठती थी।

उसकी भावनाओं का सम्मान करते हुए मैं उसके साथ जाकर पीपल के वृक्ष के नीचे बैठ गया, पीपल के वृक्ष के नीचे बने चबूतरे पर मैं जैसे ही बैठा मुझे एक सुख की अनुभूति हुई। मुझे ऐसा लगा की मानो मैं एक अरसे से यहाँ बैठता आया हूँ। मुझे अपने पास बैठा देख दामिनी भी बहुत खुश हुई और वह अपने पूर्व जन्म कि स्मृतियों में खो गयी।

दामिनी के चहरे पर अपने पति से बिछड़ने की व्याकुलता स्पष्ट नज़र आ रही थी। उसकी क्रिया कलाप एवं बोलचाल से ये स्पष्टत: झलक रहा था की वह अपने पति नागदेव रुद्राक्ष से बेइंतहा मोहब्बत करती थी।

वह अपने पति रुद्राक्ष से संबंधित पूर्वजन्म की कहानी मुझे सुनाने लगी। उसकी कहानी कोतूहल से भरी हुई थी, उसकी कहानी में एक कड़ी से दूसरी कड़ी जुड़ती जा रही थी और मैं चाह कर भी वहाँ से उठ ना पाया कि अचानक वहाँ आश्चर्यचकित करने वाली एक और घटना घटी।

माही ने अपने माता पिता को दामिनी द्वारा बतायी गयी कहानी फिर ब्रह्मदेव का प्रकट होना और उसके पश्चात बतायी हुई पूरी कहानी सिलसिलेवार बतायी।

माँ! दामिनी की त्याग और बलिदान की कहानी सुनकर मेरी श्रद्धा उसके प्रति और भी बढ गयी। उसके अनुसार नाग योनि से मनुष्य योनि तक आने का ये मेरा तीसरा जन्म है। वह मेरे पूर्व दो जन्मो की कहानी सुनाने वाली थी। उसकी कहानी सुनते सुनते मेरी जिज्ञासा भी बड़ती जा रही थी।

मैं अपने पूर्व दो जन्मो की कहानी सुनना चाहता था लेकिन काफ़ी देर हो गयी थी। और मुझे मालूम ही था कि आप लोग बहुत परेशान हो जाओगे इसलिए मैंने उसे किसी दूसरे दिन यह कहानी सुनाने का आग्रह किया।

और माँ! जैसे ही मैंने आपकी कही बात उसे बतायी तो वह मुझसे माफ़ी माँगने लगी, वह मुझसे कहने लगी कि मैं स्वार्थ से वशीभूत होकर कैसे आपको नाग योनि में लाने की कामना करने लगी। ब्रह्मदेव विरेंद्रनाथ ने भी आपकी ही बात का समर्थन किया।

माही की बात सुनकर माधवी और माधव भावविभोर हो गए थे। उन्हें विश्वास ही नहीं हो रहा था की माही को पीपल के वृक्ष के नीचे ब्रह्मदेव विरेंद्रनाथ के दर्शन हुए।

माधवी ने माही की पूरी बात सुनी और उसके आँखो से आँसू निकलने लगे, वह माधव से बोली कि कल ही हम नागेश्वरनाथ के मंदिर जाएँगे एवं उनकी पूजा करने के पश्चात नागदेव रुद्राक्ष और बाबा विरेंद्रनाथ कि समाधी पर पुष्पांजलि अर्पित करेंगे।

अब हमें सब पता चल गया है की मंदिर के सामने वाले पीपल के पेड़ के ऊपर ब्रह्मदेव वास करते हैं। हमारा माही बहुत भाग्यवान हैं जो उसे उन महान आत्मा के दर्शन करने का सौभाग्य मिला। हम वहाँ चलकर ब्रह्मदेव से भी आशीर्वाद प्राप्त करेंगे।

दूसरे दिन माधव और माधवी नागेश्वर मंदिर पहुंचकर माही के बताये हुए स्थान पर गए जहां नागदेव रुद्राक्ष और बाबा विरेंद्र नाथ की समाधि थी, उन्होंने उन समाधियों पर पुष्पांजलि अर्पित की फिर पीपल के वृक्ष के नीचे गए और हाथ जोड़कर कहने लगे कि हे ब्रह्मदेव! आप मेरे बच्चे माही के ऊपर अपनी कृपा दृष्टि बनाए रखें।

माधव और माधवी थोड़ी देर पीपल के वृक्ष के नीचे बने चबूतरे पर भी बैठे तत्पश्चात मंदिर के पुजारी पंडित विष्णु प्रसाद के पास पहुँचे और उनको माही द्वारा बतायी गयी पूरी कहानी बतायी, उनकी कहानी सुनकर पंडित विष्णु प्रसाद आश्चर्य चकित हो गए, उन्हें तो विश्वास ही नहीं हो रहा था कि माधवी सत्य बोल रही है।

एकाएक पंडित विष्णु प्रसाद को याद आया कि कल जब वे मंदिर के कपाट बंद कर रहे थे तब उन्हें मंदिर के पश्चिमी हिस्से में किसी स्त्री और पुरुष के संवाद की आवाज़ सुनी थी किंतु जब वे कपाट बंद करने के पश्चात गए और उन्हें वहाँ कोई नहीं मिला तो उन्होंने सोचा कि शायद यह उनके मन का भ्रम है, लेकिन अब उन्हें अफ़सोस हो रहा था कि अगर वह समय रहते वह पहुँच जाते तो उन्हें अपने परपितामह विरेंद्रनाथ और देवी दामिनी के दर्शन हो जाते।

माधव और माधवी नागेश्वर नाथ मंदिर के दर्शन करने के बाद प्रसन्नतापूर्वक घर लौट आये, मंदिर से लौटने के पश्चात उन्हें आज अलग सी आत्म संतुष्टि मिली थी।

एक सप्ताह बीत गया था दामिनी ना तो माधव के घर माही से मिलने आयी और ना ही माही के सपने में, दामिनी जब भी माही के सपने में आती थी उसे एक अलग सा अहसास होता था लेकिन जब से माही ने दामिनी को स्त्री के रूप में अपने समक्ष देखा तब से उसका दामिनी के प्रति उसे एक अलग ही अपनेपन एवं आकर्षण का अहसास होने लगा था उसका अंतरमन दामिनी से बार बार मिलने के लिए उत्सुक था किन्तु इसका कारण वह समझ नहीं पा रहा था।

एक सप्ताह बाद माही कॉलेज से अपने घर लौट रहा था तो उसने गाँव की तरफ़ मुड़ने वाली सड़क पर खड़े हुए दामिनी को देखा। दामिनी इतनी सुंदर लग रही थी की दूर से ही माही ने उसे पहचान लिया। माही दामिनी से मिलने के लिए बहुत उत्सुक था अत: वह दौड़कर दामिनी के पास पहुंचा, दामिनी उससे कहने लगी कि हे मेरे नागदेवता रुद्राक्ष! आज सोमवार है, इसलिए मैं आपकी प्रतीक्षा कर रही हूँ, मैं आप के साथ नागेश्वर के मंदिर जाना चाहती हूँ और आपको आपके पूर्व दो जन्मो के बारे में बताना चाहती हूँ, उस दिन हमारी बातें पूरी नहीं हुई थी, आपके जाने के पश्चात मेरी जान बहुत मुश्किल से बची, अगर ब्रह्मदेव ने समय पर आकर मेरी रक्षा नहीं की होती तो मैं आपके सामने ना होती। मेरे जीवन के साथ साथ उन्होंने मेरी नागमणी की भी रक्षा की।

मैं आपके साथ जाना चाहता हूँ, लेकिन पिछली बार मुझे काफ़ी देर हो गयी थी तो मेरे माता पिता बहुत चिंतित हो गए थे। इसलिए आप थोड़ी देर यहाँ खड़े होकर मेरा इंतेज़ार करें, मैं माँ को बोल कर आता हूँ की मुझे लौटने में थोड़ी देर हो जाएगी वह चिंता ना करे।

माही दामिनी को वहीँ छोड़ घर चला जाता हैं और माधवी को बोलता है कि वह चिंता ना करे, उसे लौटने में देर हो जाएगी, वह दामिनी के साथ नागेश्वर मंदिर जा रहा है। माधवी थोड़ा चिंतित हो माही से कहती है कि उसका दामिनी के साथ मिलना जुलना ठीक नहीं है। माही माधवी से कहता हैं कि माँ! मुझे आख़री बार जाने दीजिए इसके बाद मैं कभी नहीं जाऊँगा। आप घबरायिए नहीं, मैं जल्द ही वापस लौट आऊँगा।

माँ से अनुमति लेने के बाद माही सीधे दामिनी के पास पहुँचता है और उसके साथ नागेश्वर मंदिर जाता हैं फिर दोनो नागेश्वर नाथ की आराधना करते हैं, पूरे विधि विधान से पूजा पाठ करने के पश्चात वे मंदिर के पश्चिम में स्थित नागदेवता रुद्राक्ष के समाधि की तरफ़ जाते हैं और पुष्पांजलि अर्पित करते हैं।

माही के साथ दामिनी जब नागदेवता रुद्राक्ष के समाधि पर पहुँचती हैं तो बहुत भावुक हो जाती है पुष्प अर्पण के पश्चात दामिनी समाधि के पास बैठ जाती है और अपने कोमल स्वर में माही को कहती हैं कि हे मेरे नागपति रुद्राक्ष! आप ईश्वर की कृपा देखिए कि नाग के रूप में आपका शरीर इस समाधि के अंदर मौजूद है और आपकी आत्मा माही के रूप में मेरे समक्ष मौजूद हैं। दोनो ही रूपों में मैं आपको अपने क़रीब पाती हूँ। मैं स्वयं को अत्यंत भाग्यशाली मानती हूँ कि आप मेरे पास मौजूद हैं।

दामिनी के ह्रदय में अपने पति से बिछुड़ने की वेदना आँसूओं के रूप में आँखो से बह रही थी। दामिनी को देख माही भी भावुक हो गया था। माही दामिनी को समझाते हुए कहता है कि दामिनी, ईश्वर ने आपका और रुद्राक्ष का साथ जितने दिनो तक लिखा था उतना आपने निभाया,ईश्वर की मर्ज़ी को स्वीकार कीजिए और अपना ख़याल रखिए। आप अपने आपको कभी अकेला महसूस ना करे। मैं आपके लिए सदैव ही मौजूद रहूँगा।

आप ऐसे मत रोइए, आपको इस तरह रोते देख मेरा मन भी दुखी हो जाता है। आप मेरे अंदर अपने पति नागदेवता रुद्राक्ष को देखती हैं तो आप यह समझ लीजिए कि की आपको दुखी देख आपके नागपति रुद्राक्ष की आत्मा भी दुखी होती है।

थोड़ी देर पश्चात वे दोनो नागदेवता रुद्राक्ष की समाधि को प्रणाम करके पीपल के वृक्ष के पास पहुँचते हैं। दामिनी और माही हाथ जोड़ कर वृक्ष पर निवास कर रहे ब्रह्मदेव विरेंद्र नाथ को प्रणाम करते हैं और वहाँ बने चबूतरे पर जाकर बैठते हैं।

तभी दामिनी माही से कहती है कि हे मेरे नागपति रुद्राक्ष! पिछले सोमवार हमारी बात अधूरी रह गयी थी, मैं आपको, आज आपके पूर्व दो जन्मो के बारे में बताना चाहती हूँ कि मेरे पति नागदेव रुद्राक्ष की मृत्यु के पश्चात मेरी दुनिया पूरी वीरान हो गयी थी, मुझे समझ नहीं आ रहा था की मैं क्या करु? मैंने कई बार अपनी जान लेने की भी सोची लेकिन हिम्मत नहीं जुटा पायी। दिन में चैन नहीं मिलता था और रात की तड़प का बयान मैं शब्दों में नहीं कर सकती।

मैं अपनी दिव्य दृष्टि चारों दिशाओं में दौड़ाती रहती थी कि मेरी नागदेवता रुद्राक्ष की आत्मा कहाँ है लेकिन वे मुझे कही नहीं मिले। इसी तरह तड़पते तड़पते छह साल बीत गए और छह साल बाद मुझे पता चला कि मेरे नागदेवता रुद्राक्ष ने मनुष्य योनि में जन्म लिया है। उनका जन्म ऋषि अंगीरा से सम्बद्ध अग्रवन नामक स्थान जिसे वर्तमान में आगरा शहर के नाम से जाना जाता है के एक व्यापारी दम्पति के घर पुत्र रत्न के रूप में हुआ था, वे भोलेनाथ के परम भक्त थे। कई सालो बाद उन्हें संतान की प्राप्ति हुई थी इसलिए वे अपने पुत्र को भोले नाथ की कृपा समझते थे, उन्होंने अपने पुत्र का नाम नागेंद्र रखा। मेरे पति रुद्राक्ष भी बड़े शिव भक्त थे इसी कारण उनका जन्म भी शिव भक्त परिवार में हुआ था। जैसे ही मुझे पता चला कि नागेंद्र के अंदर मेरे रुद्राक्ष की आत्मा है, मुझे उनसे मिलने की व्याकुलता होने लगी।

मेरे लिए यह बहुत असम्भव था कि मैं कैसे उनके पास पहुँचूँ। उनका जन्म सुदोर शहर में हुआ था जो कि मेरे निवास स्थान से काफ़ी दूर था। यह 18 वीं शताब्दी का समय था जब मुग़ल और मराठों में युद्ध होते रहते थे। मैंने पता कर लिया था मुझे जिस पथ पर जाना था वहाँ काफ़ी मशहूर तांत्रिक रहते थे एवं उनसे बच कर निकलना असम्भव सा प्रतीत हो रहा था। मैं उपयुक्त समय की प्रतीक्षा करने लगी।

समय अपने तीव्र वेग के साथ आगे बढ़ता गया और नागेंद्र भी अपने बाल्यावस्था से युवावस्था में पहुँच गए। मैं अपने दिव्य दृष्टि से उनको देखती थी और उनसे मिलने की व्याकुलता और भी बढ़ती जाती थी। मैं उनसे अति शीघ्र मिलना चाहती थी।

नागेंद्र अपने पिता का व्यापार सम्भालने लगे थे। एक दिन मैंने उनको उनके सपने में दर्शन दिए उसी स्त्री के रूप में जैसे मैं अपने पति रुद्राक्ष के सामने आती थी। मैंने उनके पूर्व जन्म की बाद याद दिलाने की कोशिश की कि वे मेरे पति नागदेवता रुद्राक्ष हैं। मैं उनकी पत्नी दामिनी हूँ।

लेकिन दुर्भाग्यवश उन्हें कुछ भी याद नहीं आया। सपने में वे मुझसे बात करते थे। उन्होंने मुझे बताया कि कभी कभी वे अपने सपने में हिमालय की दुर्गम घाटियाँ देखते हैं जहां वे विचरण करते हैं। उन घाटियों में विचरण करना उन्हें अच्छा लगता है। उन्होंने यह भी बताया की वे सपने में एक मंदिर को देखते हैं और वहाँ वे पूजा आराधना करते हैं। उन्होंने मंदिर की जिस तरह व्याख्या की वह नागेश्वर मंदिर से काफ़ी मिलती जुलती थी।

इस तरह नागेंद्र के सपने में मेरा आना जाना लगा रहा, एक दिन मैंने उसे सपने में कहा कि मेरी इच्छा हैं कि आप नागेश्वर मंदिर आए, मेरी इच्छा है की मैं सोमवार को आप के साथ भगवान नागेश्वर की पूजा करूँ। जिसके उत्तर में उन्होंने कहा कि ठीक है वह अपने माता पिता को लेकर अगले महीने नागेश्वर मंदिर दर्शन के लिए ज़रूर आएँगे। जिसे सुन मेरा रोम रोम पुलकित हो गया। मुझे लगा कि वर्षो बाद मुझे मेरे पति से मिलने का सौभाग्य मिलेगा।

मैं अपने पति रुद्राक्ष से मिलने का इंतज़ार करने लगी। एक एक दिन बड़ी मुश्किल से कट रहा था। देखते देखते इंतज़ार की घड़ियाँ समाप्त हुई। नागेंद्र ने जो समय बताया था वह समय आ गया, मैं बेसब्री से उनके आने का इंतेज़ार करने लगी। सोमवार का दिन था। मैंने सोच रखा था कि मैं आज उनके साथ नागेश्वर नाथ की पूजा करूँगी। मैं पीपल के वृक्ष के नीचे उनके आने का इंतज़ार करने लगी। सुबह से शाम हो गयी। लेकिन उन लोगों का कोई अता पता नहीं था। रात हो गयी, मंदिर के कपाट बंद होने वाले थे। कपाट बंद होने से पहले मैं नागेश्वर नाथ की पूजा कर लेना चाहती थी। मैंने दुखी मन से नागेश्वर नाथ की आराधना की, मेरे आँखो से अश्रु धारा बह रही थी। मेरा हृदय बहुत दुखी था।

मैंने सपने में नागेंद्र से पूछा कि वे क्यूँ नहीं आए? मैंने उनका कितना इंतज़ार किया। उन्होंने मुझसे माफ़ी माँगी और कहा कि नागेश्वर मंदिर तक जाने का रास्ता बहुत दुर्गम है एवं उनके माता पिता को वहाँ तक पहुचने में कठिनाई होती इसलिए वे वहाँ नहीं आ सके।

उस समय आवागमन के साधन बहुत ही सीमित थे तो उन्होंने ना आने का जो कारण बताया वह सच ही था। मैने तभी निर्णय ले लिया था कि अगर वे नहीं आ सकते तो मैं ही उनसे मिलने जाऊँगी फिर चाहे मेरी जान ही क्यूँ ना चली जाए।

माही को अपने पूर्व जन्म की कोई बात याद नहीं थी लेकिन दामिनी से अपने पूर्व जन्म की बातें सुनना बहुत अच्छा लग रहा था। माही की जिज्ञासा बढती जा रही थी। आगे दामिनी ने माही को बताया कि एक दिन बाद मंगलवार को शरद पूर्णिमा का दिन था। उस दिन को वह कभी नहीं भूल सकती। उस दिन से जुड़े दामिनी और रुद्राक्ष के कुछ विशेष पल थे।

दामिनी ने माही को बताया कि हमारे निवास स्थान से कुछ ऊँचाई पर जाकर बहुत ही सुंदर जगह है। शरद पूर्णिमा के दिन मैं और मेरे नागपति रुद्राक्ष उस स्थल पर जाते थे, चारों तरफ़ फूलो से सुगंधित पेड़ पौधे, रंग बिरंगे पत्ते बहुत ही मनमोहक लगते थे। मैंने कभी स्वर्ग तो नहीं

देखा लेकिन अगर स्वर्ग है तो इतना ही सुंदर होगा। मैं और रुद्राक्ष शरद पूर्णिमा के दिन उस सुंदर घाटी में जाते थे, घंटो विचरण एवं प्रेम क्रीड़ा करते थे।

शरद पूर्णिमा के दिन का मैं और मेरे पति रुद्राक्ष बेसब्री से इंतेज़ार करते थे। हमलोग उस सुंदर घाटी में जाते, एक दिन वहाँ ठहरते, विश्राम करते और दूसरे दिन अपने निवास स्थान लौट आते थे। लेकिन मेरे पति रुद्राक्ष की मृत्यु के पश्चात शरद पूर्णिमा का दिन अभिशाप सा लगने लगा था। मैं इस दिन बहुत दुखी होती थी।

दामिनी और रुद्राक्ष के सच्चे प्रेम की कथा सुनकर माही का दिल द्रवित हो रहा था। यद्यपि माही को उसके पूर्व जन्म की बातें याद नहीं थी लेकिन दामिनी से कहानी सुनकर उसे अवश्य यह ज्ञात हो गया था की दामिनी और रुद्राक्ष के बीच असीम प्रेम था। दामिनी का दु:ख और उसका अपने पति रुद्राक्ष के प्रति अपार प्रेम और बिछुड़ने की व्यथा देखकर माही का दिल भी रोता था।

माही ने दामिनी से कहा कि दामिनी! आप देखिए, परम पिता परमेश्वर का विधान कितना सुंदर हैं, अगर सबको अपने पूर्व जन्म की बातें याद रहती तो संसार की पूरी व्यवस्था छिन्न भिन्न हो जाती। लोग अपने पूर्व जन्म की बातें याद कर परेशान और विचलित हो जाते जिससे उनकी नयी ज़िंदगी कि व्यापक अवस्था पर प्रभाव पड़ता। सोचिए अगर मुझे मेरी पूर्वजन्म की बातें याद रहती तो पिछले जन्म की स्मृतियाँ मेरी आज के जीवन पर प्रभाव डालती और मैं परेशान हो जाता। मनुष्य योनि और नाग योनि एक साथ नहीं रह सकते हैं।

हे मेरे नागपति रुद्राक्ष! मुझे ज्ञात है कि आपके अंदर मेरे रुद्राक्ष की आत्मा है आपको आपके पूर्वजन्म की कोई बात याद नहीं हैं फिर भी आप मेरे साथ हैं, आप मेरी कहानी सुन रहे हैं। मेरी कहानी सुनकर आप द्रवित हो रहे हैं। सोचिए अगर आपको अपने पूर्वजन्म की बातें याद रहती तो मुझे यक़ीन है कि आप अपनी दामिनी को छोड़कर कही नहीं जाते।

परस्पर अत्यधिक प्रेम के बावजूद हमारे अलग होने के पीछे तपस्वी अरण्यक की धर्मपत्नी मंगला का दिया हुआ श्राप है।

कौन सा श्राप ? माहि ने चौंकते हुए पूछा

बताती हूँ, पहले ध्यानपूर्वक अपनी कहानी तो पूरी सुनिए।

दामिनी ने पुन: कहानी सुनाना आरम्भ किया, जब रुद्राक्ष की आत्मा धारण किये नागेंद्र अपने माता पिता को लेकर नागेश्वर मंदिर नहीं आ पाए तो मैं बहुत दुखी थी। मैं शरद पूर्णिमा के दिन मेरे नाग पति रुद्राक्ष के जाने के बाद कभी भी हमारे निवास स्थान के ऊपर उस घाटी पर नहीं गयी थी क्यूँकि वह घाटी मुझे नागदेवता रुद्राक्ष की याद दिलाती थी लेकिन पता नहीं उस दिन क्यों मेरा मन हुआ की मैं उस घाटी में जाऊँ, तो मैं घाटी में गयी, घाटी के हर कोने पर मानो मुझे नागदेवता दिखायी पड़ रहे थे, मैंने उन को याद कर वहाँ पर घंटो विचरण किया। मेरा दिल चिल्लाकर रोना चाह रहा था। मैंने भगवान भोले नाथ से चिल्लाकर कहा" हे! भोलेनाथ, यह

आपने मेरे साथ क्यूँ किया? आपने इस संसार में मुझे अकेला रखके मुझे बहुत बड़ी सज़ा दी है। आपने मेरे रुद्राक्ष को मेरे से अलग करके मेरा जीवन उदासीन कर दिया। मैं उनके बिना कुछ नहीं हूँ। मैं क्या करु ? आप मेरे भी प्राण ले लीजिए।”

अचानक तभी थोड़ी दूर में मुझे रोशनी दिखायी दी। मैं रोशनी की तरफ़ जाने लगी। मैंने वहाँ जाकर देखा की एक गुफा हैं, जिसके अंदर से दिए की मद्धिम रौशनी नज़र आ रही थी। मैंने सोचा कि इतने वर्षो मैं और रुद्राक्ष यहाँ आते थे पर कभी भी यहाँ किसी मनुष्य के रहने का आभास नहीं हुआ। जैसे ही मैं गुफा के क़रीब पहुँची तो किसी ने मुझे आवाज़ दी देवी दामिनी, अंदर आ जाइए, मैं आप ही का इंतज़ार कर रहा था। मैंने अपने दिव्य दृष्टि से आपको यहाँ आते हुए देख लिया है।

तब मैं स्त्री का रूप धारण कर गुफा के अंदर गयी, वहाँ जाके मैंने देखा की एक तपस्वी वहाँ बैठे हुए थे। उनके चेहरे में एक अलग सी चमक थी। मैंने उनसे उनका परिचय पूछा। तो उन्होंने कहा कि वे एक बालब्रह्मचारी हैं, और उनका नाम रंजल है, उन्होंने मुझे बताया कि तपस्वी अरण्यक की पत्नी मंगला के श्राप के कारण रुद्राक्ष से मेरा बिछोह हुआ है, उन के पास तो अलौकिक शक्ति वाली अंगूठी थी और उस अंगूठी के धारण करते ही मेरे रुद्राक्ष को कोई छू भी नहीं सकता था किन्तु उस दिन रुद्राक्ष की मति भ्रमित हो गयी थी अत: वह अंगूठी धारण करना भूल गए और विधि का विधान देखिए तपस्वी पत्नी मंगला के श्राप का समय भी वही था। इसलिए वे तांत्रिक और उनके शिष्यों के प्रहार से घायल हो गए तथा मृत्यु को प्राप्त हुए।

बलब्रह्मचारी रंजल ने दामिनी को बताया कि हे देवी दामिनी! आप एक पतिव्रता इक्षाधारी नागिन हैं, आपके समान शायद ही किसी ने इस धरती पर जन्म लिया होगा आपका इस तरह पति के वियोग में रोना आपको शोभा नहीं देता आपके इस तरह से रोने तड़पने से आपकी भोलेनाथ से प्राप्त शक्ति कमजोर पड़ जाएगी। विधि के विधान को कोई नहीं बदल सकता। विधि के विधान के अनुसार ही नागदेवता रुद्राक्ष की अकाल मृत्यु हुयी थी।

बालब्रहमचारी रंजल की बात सुनकर मैंने उनसे पूछा की मुझे तो श्राप के बारे में कुछ याद नहीं,कब ऋषि पत्नी मंगला ने श्राप दिया।

मेरी बात सुन तपस्वी रंजल कहते हैं कि हे देवी दामिनी, मैं आपको बताता हूँ की उस दिन क्या हुआ था। सैकड़ों सालो से आप और नागदेवता रुद्राक्ष इस घाटी में विचरण करने आते और प्रेम क्रीड़ा करते थे। उस दिन भी आप दोनों यहाँ आए थे और कुछ देर एक साथ विचरण करने के पश्चात यहाँ बह रहे जलाशय के पास शिला के निकट ही प्रेम क्रीड़ा कर रहे थे। ठीक उसी समय जलाशय में ऋषि अरण्यक स्नान कर रहे थे और उनके वस्त्र उसी शिला के ऊपर रखे हुए थे। वे स्नान करने के पश्चात अपने वस्त्र लेने के लिए शिला की तरफ़ गए। वहाँ अंधेरा था उस कारण ऋषि अरण्यक का पैर आपके पृष्ठ भाग में पड़ गया और आप ने भी ना आओ देखा ना ताव ऋषि अरण्यक को डस लिया। विष इतना असरदायक था कि उनकी वही पर मृत्यु हो

गयी। आप दोनो उन्हें देख इतना घबरा गए कि आप दोनो वहाँ से चले गए। काफ़ी देर तक ऋषि के आश्रम ना पहुचने पर उनकी पत्नी मंगला उन्हें ढूँढने निकली। जलाशय के पास आकर वह अपने ऋषि पति के नीले शरीर को देख कर वहीँ हाथ में जल लेकर श्राप देती है कि जिस किसी नाग या नागिन ने मेरे पति को डसा है, मैं उस को श्राप देती हूँ की वह अपने जोड़ी के वियोग में सदैव तड़पती या तड़पता रहेगा और मेरे प्राण त्यागने का कारण भी वही बनेगा या बनेगी। इतना कहने के बाद वह अपना प्राण त्याग देती हैं।

मैंने उनसे पूछा कि उन्हें ये सब कैसे ज्ञात हैं, तो वे बोलते हैं की उनकी गुफा पास ही में थी वे वहाँ तपस्या में लीन थे कि अचानक उन्हें किसी स्त्री के विलाप की आवाज़ सुनायी पड़ी। वह गुफा से बाहर निकल कर देखते हैं की तपस्वी माता मंगला हाथ में जल लेकर किसी को श्राप दे रही हैं और उनके सामने उनके ऋषि पति अरण्यक का नीला शव पड़ा हैं। तब समझने में देर ना लगी की ऋषि को किसी नाग या नागिन ने डँसा है। वह ऋषि माता मंगला से कुछ पूछ ही पाते कि उनके प्राण भी निकल गए।

फिर वह उन दोनो के शव को आश्रम ले गए और वहाँ उनका अंतिम संस्कार किया। उसके बाद वह अपनी गुफा में चले गए और वहां अपनी दिव्य दृष्टि से पता लगाने की कोशिश की क्या हुआ होगा ?

तपस्वी रंजल ने कहा मैंने देखा कि आप और नागदेवता रुद्राक्ष इसी जलाशय के पास शिला के नीचे प्रेम क्रीड़ा में मग्न थे और उस समय आप किसी भी बाधा और विघ्न को सहन नहीं कर सकते तभी अनजाने ही ऋषि का पैर आपके पृष्ठ भाग में पड़ गया और आपने क्रोधित हो उनको डस लिया। आपके विष के कारण उनकी तत्काल मृत्यु हो गयी। आप दोनो भी वहाँ से तुरंत ही चले गये। ऋषि पत्नी मंगला ने जब उन्हें देखा तो उनको काटने वाले नाग या नागिन को श्राप दे दिया। वह काटने वाली नागिन आप थी इसलिए रुद्राक्ष उनके श्राप के कारण ही आप को छोड़ कर चले गए हैं।

नागदेवता रुद्राक्ष की मृत्यु के पश्चात आप यहाँ कभी नहीं आयी। कई वर्षों बाद आप यहाँ आयीं। मुझे यक़ीन था कि कभी ना कभी आप यहाँ आएगी और मैं आपको इस सत्य से अवगत कराऊँगा।"

दामिनी कहती हैं कि अनजाने में मुझसे बहुत बड़ी गलती हो गयी थी। नागदेवता रुद्राक्ष ने मुझसे कहा भी था कि हम जाके देखते हैं किसी निर्दोष के प्राण हमारी वजह से चले जाएँगे। अगर मैंनें उनकी बात सुनी होती और ऋषि का ज़हर समय रहते वापस खींच लेती तो अनर्थ होने से बच जाता। लेकिन विधि का लेख कोई नहीं मिटा सकता, जो होना होता है वह होकर ही रहता है।

तब मैंने बाल ब्रह्मचारी ऋषि रंजल से कहा कि हे देव! मैं अवश्य ही अरण्यक ऋषि के आश्रम में जाकर उनके समाधि स्थल पर पुष्प अर्पण कर उनसे माफ़ी मागूँगी। मुझे तो अपने पति रुद्राक्ष

से भी माफ़ी माँगनी पड़ेगी। मैंने जो उनकी बात नहीं मानी। आज मेरी भूल की वजह से वह ऋषि पत्नी मंगला के श्राप के शिकार हो गए।

मैंने उनकी समाधि पर पुष्प अर्पण किए और अपने निवास स्थल पर जाने के लिए तैयार हुई, तभी तपस्वी रंजल ने मुझसे पूछा की मैं अब कहाँ जा रही हूँ?

तब मैं उन्हें कहती हूँ कि अभी तो मैं अपने निवास स्थान पर जा रही हूँ, कल मैं अग्रवन के लिए निकलूँगी क्यूँकि मेरे नागपति रुद्राक्ष की आत्मा वहाँ एक व्यापारी पुत्र नागेंद्र के अंदर विद्यमान है एवं मुझे शीघ्र अतिशीघ्र उनके पास जाना है।

मेरी बात सुन तपस्वी रंजल चिंतित हो जाते हैं और मुझसे कहते हैं कि हे! देवी दामिनी, अग्रवन बहुत दूर है और वहाँ तक जाने का रास्ता बहुत ही दुर्गम हैं। रास्ते में कई तांत्रिक हैं जो नागमणी की तलाश में घूमते रहते हैं। आप अकेली उनका सामना नहीं कर पाएँगी।

तब मैंने उनसे कहा कि कुछ भी हो, मैं उनसे मिलने अवश्य ही जाऊँगी भले ही मेरे प्राण क्यूँ ना निकल जाय। मेरी वजह से उनकी जान गयी है। अगर उनसे मिलने के रास्ते मेरे प्राण भी चले जाये तो मुझे कोई ग़म नहीं होगा।

तब तपस्वी रंजल कहते हैं लगता है, आपने अपना मन बना ही लिया है, लेकिन आपका शुभचिंतक होने कारण मैं आपको किसी ख़तरे में नहीं डाल सकता। इसलिए आपको मैं एक मार्ग बताता हूँ,आप उस मार्ग से अग्रवन जाइयेगा।

तब मैंने उनसे पूछा हे ऋषिवर! बतायिए वह कौन सा मार्ग हैं? जिसके ज़रिए मैं अपने पति रुद्राक्ष के पास पहुँच जाऊँ।

माही को दामिनी की कहानी सुनना बहुत अच्छा लग रहा था। वह अपने पूर्व जन्म की कहानी सुन बहुत ही रोमांचित हो रहा था। उसकी जिज्ञासा बढती ही जा रही थी उसे विश्वास ही नहीं हो रहा था कि यह कहानी उसके पूर्व जन्म की है।

माही ने सोचा कि दामिनी उसे अपने पति रुद्राक्ष का तीसरा जन्म मानती है। दामिनी अपने आपको रुद्राक्ष के मौत का कारण मानती है, अगर वह उसे यह बता दे कि उसने उसे माफ़ कर दिया है और वह अपने आपको इसका दोषी ना माने, उसने जानबूझ कर कुछ नहीं किया तो संभवत: उसके दिल का बोझ कम हो।

माही दामिनी से कहता हैं हे देवी दामिनी, आप मुझे अपने पति रुद्राक्ष का तीसरा जन्म मानती हैं, उसी के नाते मैं कहता हूँ कि अपने मन पर कोई बोझ मत रखो। मैं तुम्हें माफ़ करता हूँ।

दामिनी माही को सुनकर हंसती है और कहती है कि हे मेरे भोले नागपती रुद्राक्ष! आप चिंता ना करे, आपके पहले जन्म में ही आपने मुझे क्षमा कर दिया था। मैंने नागेंद्र के सपने में जाकर सारी व्यथा बतायी थी कि किस तरह श्राप के कारण उनकी मृत्यु हो गयी और उनकी बात ना

सुनने के कारण वे आज मेरे साथ नहीं हैं। तब उन्होंने सांत्वना देकर मुझे माफ़ कर दिया साथ ही यह भी बताया की विधि का विधान कोई नहीं बदल सकता, हमारा साथ जितने वर्षो तक लिखा था, वो हमने निभाया।

देवी दामिनी! आपकी यह बात सुन कर मुझे संतोष मिला की अब आपके दिल में कोई अपराध बोध नहीं है, अब आप मुझे यह बतायिए कि फिर आप अग्रवन (आगरा) कैसे पहुँची?

तपस्वी रंजल ने मुझे वह गुप्त मार्ग बताया जिसके सहारे मैं अग्रवन (आगरा) पहुँच सकती थी और मुझे ख़तरा भी नहीं होता। फिर मैं उन्हें प्रणाम करके वहाँ से चली आई, रात को नागेश्वर नाथ की आराधना कर मैं दूसरे दिन रंजन ऋषि के बताए हुए मार्ग पर चल पड़ी। यह मेरी पहली लम्बी यात्रा थी जो मैं अपने नागपति रुद्राक्ष के बिना करने वाली थी। अंदर एक भय था लेकिन उनके मनुष्य रूप से मिलने की इच्छा भी थी। रास्ता काफ़ी लम्बा था, मैं तपस्वी रंजल के बताए हुए मार्ग पर बढती गयी। रास्ता बहुत ही कठिन व दुर्गम था। क़रीब एक हफ़्ते बाद मैं देव भूमि उत्तराखंड पहुँची। वहाँ मैंने थोड़ा विश्राम करने का विचार किया तभी मुझे गेरुए रंग के वस्त्र पहने हुए कुछ व्यक्ति नज़र आए। मैं घबरा गयी की वे कोई तांत्रिक तो नहीं जो मेरा पीछा करते हुए यहाँ आ गए हैं। कुछ देर बाद मैं देखती हूँ कि वे मेरे क़रीब आ रहे हैं, मैं उनपर आक्रमण करने ही वाली थी कि उन्होंने हाथ जोड़ कर मुझसे कहा हे देवी! आपको हमारा सादर प्रणाम, आप यहाँ से जितना जल्द हो प्रस्थान करे, यहाँ आसपास कई तांत्रिक हैं, जो आपके नागमणी की तलाश में हैं। इतना बोल कर वे वहां से चले गए।

देवी दामिनी! वह महापुरुष कौन थे? जिन्होंने आपको सावधान किया।

मुझे उस समय तो ज्ञात ना था कि वह महापुरुष कौन थे? लेकिन आज मुझे पता चला की वह महापुरुष ब्रहमदेव बाबा विरेंद्र नाथ ही थे। वे साये की तरह मेरे साथ थे। उन्हने कभी भी मुझे अकेला नहीं छोड़ा।

उस घटना के बाद मैं निश्चिंत हो गयी कि कोई मेरा रक्षा करने वाला है जिसकी नज़र हमेशा से ही मेरे ऊपर थी। मैंने अपनी यात्रा को जारी रखा। मै देहरादून, ऋषिकेश होते हुए उत्तरकाशी पहुँची। यमुनोत्री की घाटी पास ही में थी। मैं तपस्वी रंजल के प्रति कृतज्ञ थी जो उन्होंने मुझे यह रास्ता सुझाया था। वह घाटी बहुत ही सुंदर थी। मैंने वहाँ कुछ देर विचरण किया। यमुना माता को प्रणाम किया, मैं वहाँ घाटी की सुंदरता का आनंद ले ही रही थी कि मुझे एक रौशनी दिखायी दी। रौशनी को देख मैं समझ गयी कि यह कोई साधारण रौशनी नहीं बल्कि नागमणी की अलौकिक रौशनी हैं। यकीनन वहाँ कोई इक्षाधारी नाग और नागिन का जोड़ा वहां उपस्थित है जिन्होंने अपनी नागमणी को निकाल कर रखा हुआ है। मैं उस रौशनी की तरफ़ बड़ी और पास पहुँच कर मैंने देखा कि इक्षाधारी नाग नागिन मनुष्य रूप में आकर प्रेम प्रसंग कर रहे हैं। मैंने भी स्त्री का रूप धारण किया और उनके पास गयी। मुझे सामने देख वे पहचान गए की मैं यहाँ की निवासी नहीं हूँ। वे मुझे विस्मय पूर्ण दृष्टि से देखने लगे।

उन्होंने मुझसे पूछा कि हे देवी! आप कौन हैं? मैं नागेश और मेरी पत्नी इंद्राणी यहाँ हज़ारों वर्ष से निवास कर रहे हैं। मैंने आपको तो यहाँ कभी नहीं देखा, कृपा करके अपना परिचय दें।

उनके आग्रह करने के पश्चात मैंने उन्हें अपना परिचय दिया, मैंने उनसे कहा मैं दामिनी हूँ, मैं अग्रवन जा रही हूँ वहां मेरे पति रुद्राक्ष की आत्मा ने मनुष्य रूप में जन्म लिया हैं एवं उन्हें जन्म लिए २० वर्ष हो चुके हैं।

तब नागेश मुझसे पूछते हैं कि देवी दामिनी! नागदेवता रुद्राक्ष को क्या हुआ था? कैसे उनकी मृत्यु हुईं?

उनके प्रश्नो का मैंने उत्तर दिया, सारी व्यथा सुनायी, श्राप से लेकर उनकी मृत्यु तक की सारी घटनायें उन्हें सुनायी।

मेरी कहानी सुन वे भावुक हो गए और उनकी आँखो में आँसू आ गए। फिर नागदेवता नागेश ने कहा देवी दामिनी! अब आप आज के बाद अकेली नहीं हैं, आपका भाई नागेश आपके साथ है, आपके लिए अगर मेरी जान भी चली जाए तो मुझे कोई ग़म नहीं। तभी उनकी पत्नी इंद्राणी ने भी मेरा हाथ पकड़ कर कहा कि हाँ दामिनी, आज से आपका परिवार आपके साथ है। आप अपने को अकेला नहीं महसूस करे, जब तक आप अपनी मंज़िल तक नहीं पहुँचती हम आपके साथ ही रहेंगे।

उन्हें पाकर मेरे मन का भय निकल गया और मैं अपने आगे की यात्रा के लिए निकल पड़ी। मैंने अपने दिव्य दृष्टि से नागेंद्र का घर देख लिया था। मैं उनके घर की तरफ़ बढ़ने लगी। उनके घर के सामने भोलेनाथ का मंदिर था। सोमवार का दिन था, मैंने सोचा कि पहले भगवान भोलेनाथ की आराधना कर लूं उसके बाद ही नागपति रुद्राक्ष से मिलने जाऊँगी। मैं जैसे ही मंदिर की सीढ़ियों तक पहुँची, कुछ लोगों ने मुझे देख लिया। वह मुझपर आक्रमण करने के लिए मेरी तरफ़ आने लगे। मैं बहुत डर गयी थी, मैं अपनी जान बचाने के लिए शिव लिंग के चारों तरफ़ लिपट गयी। तभी किसी व्यक्ति की आवाज़ आयी जो उन लोगों को कह रहा था कि आप लोग, यह क्या करने जा रहे हैं, यह भगवान भोलेनाथ का कंठ हार है। इसे मारना मतलब किसी विपत्ति को आमंत्रण देना है।

उनकी बात सुनते ही सब शांत हो गए और भोलेनाथ से माफ़ी माँग कर वहाँ से चले गए।

दामिनी की बात सुनकर माही उससे पूछता है की वह व्यक्ति कौन थे? जिसकी एक आवाज़ से ही सभी लोग शांत हो गए।”

दामिनी बोलती हैं कि” मुझे भी जानने की इच्छा थी कि वह व्यक्ति कौन थे? लेकिन पलक झपकते ही वे वहाँ से ओझल हो गए।

फिर किया हुआ?

दामिनी ने पुन: आगे बताना प्रारंभ किया उसने कहा कि मैंने काफ़ी देर वहीं मंदिर पर ही बैठकर अपने नाग देवता रुद्राक्ष की आत्मा धारण किये हुए नागेन्द्र का इन्तज़ार किया, मैंने सोचा की भगवान भोलेनाथ के मंदिर में वे ज़रूर आएंगे लेकिन वे नहीं आए। मैंने सोचा कि आज रात को ही मैं उनके सपने में जाकर उन्हें बताऊंगी कि मैं यहाँ उनसे मिलने के लिए आयी हूँ, कृपा करके वे मुझसे मिलने आए।

मैंने रात में उनको सपने में कहा कि वे मुझे मंदिर के सामने खड़े पीपल के वृक्ष के नीचे मिलने के लिए आयें मैं उनका वहीं इंतज़ार करूँगी मेरी बात सुनकर उन्होंने मुझसे वादा किया कि वे ज़रूर आएंगे।

मैं पीपल के वृक्ष के नीचे उनका इंतज़ार करने लगी, मध्यरात्री हो चुकी थी। कुछ ही देर पश्चात मैंने देखा कि एक व्यक्ति पीपल के वृक्ष के नीचे आकर खड़ा हो गया है। काफ़ी अंधेरा था उसका चेहरा मुझे साफ़ नहीं देख रहा था अचानक वे बोले देवी मैं आ गया हूँ आप कहाँ हैं?

अचानक से चाँद की रौशनी चाँदनी उनके चेहरे पर पड़ती हैं चाँद की चमक से उनका चेहरा मुझे दिखने लगा। मैं चौंक गयी, मेरी ख़ुशी का कोई ठिकाना ना रहा, मैंने देखा वे नागेन्द्र थे, मेरे नागपति रुद्राक्ष मेरे सामने थे। मुझे समझ नहीं आ रहा था की मैं क्या करूं? फिर मैंने अपना स्त्री रूप धारण किया और उनके सामने गई। मुझे देखते ही वे पहचान गए, हे देवी दामिनी! आप ही हैं न जो मेरे सपने में दर्शन देती हैं।

उन्होंने मुझे पहचान लिया था मैं बहुत ख़ुश थी वे मुझ से कहने लगे आज सोमवार हैं आप मेरे साथ भगवान भोलेनाथ की पूजा करने की इच्छुक हैं। चलिए, मैं आपके साथ भगवान भोलेनाथ की आराधना कर लेता हूँ जिससे आपकी मनोकामना पूरी हो जाएगी।

फिर हम दोनों ने भगवान भोलेनाथ की आराधना की, कुछ देर पीपल के वृक्ष के नीचे बैठे रहे, भोर होने वाली थी तब नागेन्द्र नें कहा कि घर में सभी चिंता कर रहे होंगे, मैं अब चलता हूँ। मुझसे दूसरे दिन पुन: मिलने का वादा करके वे अपने निवास स्थान पर चले गए।

तो क्या नागेन्द्र दूसरे दिन आपसे मिलने आया था?

हाँ नागेंद्र सायंकाल को मिलने आए थे। मैं बहुत ख़ुश थी मैंने उनके साथ मंदिर के पास वाली घाटी में विचरण भी किया। मुझे बहुत प्रसन्नता हो रही थी और मुझे ऐसा लग रहा था जैसा कि मैं अपने रुद्राक्ष के साथ विचरण करते वक्त महसूस करती थी वहीं भावनायें मेरे अंदर जाग गयी थी। मैंने उनसे कहा की किस तरह ऋषि अरण्यक की मृत्यु के पश्चात उनकी पत्नी मंगला का श्राप मुझे लगा। मैंने उनकी बात नहीं मानी, मेरी वजह से ही मेरे नागदेवता रुद्राक्ष मेरे साथ नहीं हैं। मैंने उनसे माफ़ी माँगी।

मेरी बात सुनते ही वह मुझसे बोले कि हे देवी दामिनी! आप अपने आपको दोषी मत समझिए। विधि के विधान को कोई भी नहीं बदल सकता। आपका और नागदेवता रुद्राक्ष का साथ विधाता

ने जितने दिन लिखा था, आपने उतने दिन निभाया। आप मुझे अपने पति रुद्राक्ष का जन्म मानती हैं, उसी के नाते मैं आपको क्षमा करता हूँ। आप अपने दिल से यह बोझ उतार दीजिए।

उनकी बात सुनकर मुझे राहत मिली एवं, मैंने अपनी कृतज्ञता प्रकट की।

भोर होने वाली थी नागेंद्र ने कहा अब मुझे चलना चाहिए, अगर आप चाहे तो मेरे निवास स्थान में भी रह सकती हैं।

लेकिन मैंने उनसे कहा कि नहीं! अब मुझे हिमाचल प्रदेश अपने निवास स्थान पर जाना पड़ेगा। मुझे आप वहाँ मिलने आइये। उसके बाद वे अपने निवास स्थान चले गए और मैं अपने निवास स्थान के लिए रवाना हो गई रास्ते में मेरे भाई नागेश और उनकी पत्नी इंद्राणी इंतज़ार कर रहे थे। बहुत मना करने पर भी वे मुझे मेरे निवास स्थान तक छोड़ने आए।

माही ने फिर दामिनी ने से पूछा कि तो गया नागेंद्र आपसे मिलने आए?

दामिनी कहती हैं कि मैं रोज़ उनका इंतज़ार करती थी। लेकिन वह मुझ से मिलने नहीं आ पाए क़रीब सत्तर वर्ष हो गए थे। तो मैंने एक दिन अपनी दिव्य दृष्टि से देखा की मेरे नागदेवता रुद्राक्ष की आत्मा लिए हुए मनुष्य योनि में जन्म लिए हुए नागेंद्र की पच्चासी वर्ष की आयु में मृत्यु हो गई थी।

अपनी बात पूरी करते करते दामिनी की आँखों से आँसू आ गए थे। उसके आँसू देखते ही माहीं बोलता हैं कि हे देवी दामिनी! मैं तो आप के पास हूँ, फिर आप क्यों रो रही हैं?

दामिनी अपने आंसुओं पोछते हुए उसे कहती हैं कि आपके पूर्वजन्म की बात करते करते मुझे वे पल याद आ गये थे जिससे मैं थोड़ी भावुक हो गयी थी।

माही दामिनी से कहता हैं कि नागेंद्र तो मेरा पहला जनम था। अब आप मुझे मेरे दूसरे जन्म के बारे में कुछ बताइए?

दामिनी कहती हैं आप का दूसरा जन्म बहुत ही संघर्ष पूर्ण था। इसलिए मैं आपके दूसरे जन्म में आपसे नहीं मिल पाई थी। नागेंद्र की मृत्यु के पश्चात मैंने अपनी दिव्य दृष्टि चारों दिशाओं में फिर दौड़ानी शुरू कर दी थी ये जानने के लिए कि मेरे नागदेव रुद्राक्ष का जन्म कहाँ हुआ है?

उन्नीसवीं शताब्दी की बात है, मुझे एक दिन पता चला कि मेरे नागदेवता रुद्राक्ष का दूसरा जन्म हो चुका है। उस समय अंग्रेजो का शासन था, उनका जन्म एक क्रांतिकारी परिवार में हुआ था। उनके माता पिता ने उनका नाम शिवा रखा था। मैंने अपने दिव्य दृष्टि से देखा कि उनका जन्म कलकत्ता में हुआ था, जो कि मेरे निवास स्थान से बहुत ही दूर था। मैं उनके युवा होने का इंतेज़ार करने लगी। जब वे २५ वर्ष के हुए तो मैंने उनके सपने में उन्हें दर्शन दिए। मैंने उनको उनके पूर्व जन्म को याद दिलाने की कोशिश की लेकिन उन्हें कुछ भी याद ना आया। मैंने उन्हें मेरे निवास स्थान पर आने को भी कहा।

शिवा ने मुझसे कहा हे देवी! आपने मुझे मेरे पूर्व जन्म के बारे में बताया, यद्यपि मुझे कुछ याद नहीं है, लेकिन आपने मुझे जो बातें बतायी हैं, वह सत्य ही प्रतीत हो रही हैं, लेकिन देवी, मेरा जीवन बहुत ही संघर्षपूर्ण है। मैं आपसे मिलने नहीं आ सकता। किंतु मैं आपकी पतिव्रता और अपने पति के प्रति अपार प्रेम को देख कर भावुक हो गया हूँ। मैं इस जन्म में शादी नहीं करूँगा, लेकिन अगर मेरा बस चलता तो मैं आपको ही अपनी पत्नी स्वीकार कर लेता, लेकिन एक नागिन और मनुष्य एक साथ नहीं रह सकते।

शिवा की बात सुन मैं भावुक हो गयी, मैंने उनसे कहा अपने इतना सोचा वही मेरे लिए बहुत हैं, मैं आपकी परेशानी समझती हूँ, लेकिन मैं आपकी बहुत आभारी हूँ कि आपने मुझे अपनी पत्नी के रूप में स्वीकारा।

इस तरह रोज़ रात को सपने में हम मिलने लगे, सालो बीत गए पचास वर्ष की उमर में आज़ाद हिंदुस्तान में उन्होंने अपने प्राण त्याग दिए, उनकी मृत्यु के कुछ वर्षों बाद ही माधव और माधवी के घर आपका माही,के रूप में मेरे रुद्राक्ष का तीसरा जन्म हुआ।

मेरी नागदेव से यही प्रार्थना है कि अगले जन्म में मेरा और आपका मिलन हो जाए और हम फिर से एक हो जाये।

काफ़ी रात हो चुकी थी, माही ने दामिनी से कहा हे दामिनी! आपसे मेरे तीन तीन जन्मों की कहानी सुनकर मैं भाव विभोर हो गया हूँ। मैं अपने आपको बहुत सौभाग्यशाली समझता हूँ, की मैं अपने पूर्व जन्म में नागदेवता रुद्राक्ष था, और आप मेरी पत्नी थीं।

माही ने दामिनी से जाने की अनुमति ली, उसके बाद दामिनी अपने निवास स्थान पर चली गयी और माही अपने घर चला गया।

माही नें घर पहुचने पर माधव और माधवी को अपने तीनो जन्मो की कहानी सुनायी जिसे सुन माधवी की आँखो में आँसू आ गए और वह हाथ जोड़कर नागेश्वर नाथ को प्रणाम कर कहने लगी कि "हे नाग देवता, मैं अपने आपको बहुत भाग्यवान समझती हूँ कि नागदेवता रुद्राक्ष ने मेरे घर में जन्म लिया है।"

दामिनी अब माधव और माधवी के घर रोज़ आती जाती रहती थी। वह इस परिवार की एक सदस्य ही हो गयी थी। इस तरह दो महीने बीत गए। दो महीने बाद निर्धारित तारीख़ में माही का विवाह हरिमोहन की बेटी सुकन्या से हो गया।

माही और सुकन्या को कुछ वर्षों बाद पुत्र रत्न की प्राप्ति हुयी, पुत्र का नाम उन्होंने सुधांशु रखा। समय पंख लगा कर उड़ने लगा। माही ने अपने बेटे को अच्छे संस्कार दिए। सुधांशु बड़ा हो गया उधर माही की भी उमर हो चली थी अस्सी साल की उम्र में उसकी मृत्यु हो गयी। उसकी मृत्यु के बाद दामिनी भी टूट गयी, उसने माधव के घर जाना बंद कर दिया। वह गुमसुम रहने लगी, उसे अब जीने की इच्छा नहीं थी। उसने मंदिर के पीपल के वृक्ष के नीचे जाकर ब्रह्मदेव

को पुकारा और कहा कि हे ब्रह्मदेव! आप मुझे दर्शन दें, मुझे आपसे बहुत ज़रूरी वार्ता करनी हैं।

देवी दामिनी, क्या हुआ ? आपने इस तरह मुझे पुकारा कि मैं तो घबरा गया।

दामिनी कहती हैं हे ब्रह्मदेव! आपने सैकड़ों सालों से मेरी रक्षा की। आज आख़री बार आपसे मैं विनती करना चाहती हूँ, कि आप मेरी नगमणी का दायित्व ले लें और मुझे मुक्ति दें, मैं अब इस संसार में नहीं रहना चाहती हूँ। मुझे आप आशीर्वाद दीजिए की मैं अपने अगले जन्म में अपने नागदेवता से मिल सकूँ।

दामिनी की करुणा भारी बातों को सुन ब्रह्मदेव दुखी होते हैं और फिर कुछ देर मौन रह कर के दामिनी को कहते हैं हे देवी दामिनी, आपने तीन सौ साल तक अपने नागदेवता से बिछुड़ने का दु:ख सहा है, मैं स्वयं उसका साक्षी हूँ, आपकी तड़प देख मैं आपको और रोकना नहीं चाहता, आपने अगर जाने का मन बना ही लिया है, तो आप नागमणी को नागेश्वर के मंदिर में शिव लिंग के पीछे रख दीजिए, मैं मंदिर के पुजारी विष्णु प्रसाद के पुत्र सुखदेव को सपने में दर्शन दे कर के नागमणी को सुरक्षित जगह रखवा दूँगा,और आख़री बार आप ऋषि अरण्यक और ऋषि पत्नी मंगला की समाधि पर पुष्प अर्पण कर दीजिएगा।

इतना कह ब्रम्ह देव अंतर्ध्यान हो गए एवं उनके जाते ही दामिनी मंदिर जाकर ब्रहमदेव विरेंद्र नाथ के कहे अनुसार नागमणी क शिवलिंग के समीप रख, उनकी आराधना कर,अपने निवास स्थल से ऊपर स्थित घाटी पर चली जाती है और ऋषि

आश्रम पहुँच उनकी समाधि पर पुष्प अर्पण करते हुए रो पड़ती है, पूरी घाटी दामिनी के रोने से उदास हो जाती हैं। वह रोते हुए कहने लगती हैं हे माता मंगला! मुझे माफ़ कर दीजिए, मैंने अनजाने में आपके पति को डस लिया था। जिसकी सज़ा,मैं अब तक भुगत रही हूँ,लेकिन मैं अब थक गयी हूँ, आप मुझे आज्ञा दे।

तभी किसी स्त्री की आवाज़ ने दामिनी को चौका दिया, वह आवाज़ माता मंगला कि थी। उन्होंने दामिनी से कहा कि देवी दामिनी, तुम अपने आप को कसूरवार मत समझो, मेरे पति की मृत्यु मेरे ही पूर्व जन्मो के कर्मो के कारण थी, मैंने क्रोधवश आपको श्राप दे दिया था, लेकिन विधि के विधान में शायद आपके और मेरे नसीब में अपने पति से बिछुड़ना लिखा था। अब आपका सफ़र यही समाप्त होता है एवं अगले जन्म में आपका आपके प्राण नाथ के साथ अवश्य ही मिलन होगा।

दामिनी राहत अनुभव करती है उसे अलग सी ख़ुशी भी होती है, वह वहाँ से अपने नागदेवता रुद्राक्ष के समाधि के पास जाकर अपने प्राण त्याग देती है।

इस तरह दामिनी और रुद्राक्ष की प्रेम कथा समाप्त हो जाती है। प्रेम एक ऐसा बहुमूल्य तोहफ़ा है क़ुदरत का जो भाग्यवान मनुष्य को ही नसीब होता है।

कुदरत का करिश्मा देखिए, क़रीब २५ साल बाद नागेश्वर मंदिर में एक युवा दम्पति आए हैं जो पीपल के वृक्ष के नीचे घंटो बैठ बातें करते,और नागेश्वर नाथ मंदिर में हर सोमवार पूजा करने आते हैं।

एक दिन वही दम्पति पूजा करने के पश्चात पीपल के वृक्ष के नीचे बैठे हुए बात कर रहे थे कि अचानक तेज हवा चलने लगी। आसपास कोई नहीं था तभी ब्रह्मदेव प्रकट हुए, जिन्हें देख वे घबरा गए।

उन्हें घबराते हुए देख ब्रह्म देव कहते हैं घबराइये नहीं, यह आपके पूर्व जन्म के त्याग का परिणाम हैं जो आप एक साथ हैं।

उन्हें कुछ समझ नहीं आ रहा था।

ब्रह्मदेव ने उन्हें अपनी दिव्य दृष्टि प्रदान की और उनके पिछले जन्मों का सफ़र कराया।

दम्पति और कोई नहीं अपितु देवी दामिनी और देव रुद्राक्ष थे और यह उनका मनुष्य योनि में जन्म था। इस जन्म में नागदेव रुद्राक्ष ने शिवाय के नाम से और देवी दामिनी ने मोहिनी के नाम से जन्म लिया।

उन्हें अपने बारे में जानकर बहुत ख़ुशी हो रही थी कि वे जन्म जन्मांतर के प्रेमी थे।

फिर ब्रह्मदेव उनसे अपनी शक्ति ले लेते हैं और शिवाय से कहते हैं कि शिवाय, आप मोहिनी को बहुत प्यार दीजिएगा, इन्होंने आपका तीन सौ सालो तक इंतज़ार किया है।

इतना कह कर वह वहाँ से चले जाते हैं। इस घटना की कोई बात शिवाय और मोहिनी को याद नहीं रहती।

दामिनी और रुद्राक्ष की प्रेम कथा आज भी हिमाचल प्रदेश के नागेश्वर नाथ के मंदिर में प्रचलित हैं। लोग नागदेवता और नगदेवी की समाधि पर पुष्प अर्पण करते हैं। उनकी अमर प्रेम कहानी वहाँ के सभी निवासियों को ज्ञात है। दामिनी और रुद्राक्ष ने शिवाय और मोहिनी के रूप में मनुष्य योनि में जन्म ले लिया था ये बात ब्रह्मदेव के सिवा किसी को नहीं मालूम थी यहाँ तक कि मोहिनी और शिवाय को भी नहीं।

***

www.ingramcontent.com/pod-product-compliance
Ingram Content Group UK Ltd.
Pitfield, Milton Keynes, MK11 3LW, UK
UKHW042012190726
13854UKWH00005B/2256

9 788119 179008